# CONQUISTANDO AMIGOS

Editora Appris Ltda.
1.ª Edição - Copyright© 2023 do autor
Direitos de Edição Reservados à Editora Appris Ltda.

Nenhuma parte desta obra poderá ser utilizada indevidamente, sem estar de acordo com a Lei nº 9.610/98. Se incorreções forem encontradas, serão de exclusiva responsabilidade de seus organizadores. Foi realizado o Depósito Legal na Fundação Biblioteca Nacional, de acordo com as Leis nºs 10.994, de 14/12/2004, e 12.192, de 14/01/2010.

Catalogação na Fonte
Elaborado por: Josefina A. S. Guedes
Bibliotecária CRB 9/870

| | |
|---|---|
| R375c<br>2023 | Reis, Jorge<br>   Conquistando amigos / Jorge Reis. – 1. ed. – Curitiba : Appris, 2023.<br>   131 p. ; 21 cm.<br><br>   ISBN 978-65-250-4322-7<br><br>   1. Literatura religiosa brasileira. 2. Fé. 3. Cristão. 4. Religião. I. Título.<br><br>                                            CDD – B869.8 |

Editora e Livraria Appris Ltda.
Av. Manoel Ribas, 2265 – Mercês
Curitiba/PR – CEP: 80810-002
Tel. (41) 3156 - 4731
www.editoraappris.com.br

Printed in Brazil
Impresso no Brasil

Jorge Reis

# CONQUISTANDO AMIGOS

## FICHA TÉCNICA

| | |
|---|---|
| EDITORIAL | Augusto Vidal de Andrade Coelho |
| | Sara C. de Andrade Coelho |
| COMITÊ EDITORIAL | Marli Caetano |
| | Andréa Barbosa Gouveia (UFPR) |
| | Jacques de Lima Ferreira (UP) |
| | Marilda Aparecida Behrens (PUCPR) |
| | Ana El Achkar (UNIVERSO/RJ) |
| | Conrado Moreira Mendes (PUC-MG) |
| | Eliete Correia dos Santos (UEPB) |
| | Fabiano Santos (UERJ/IESP) |
| | Francinete Fernandes de Sousa (UEPB) |
| | Francisco Carlos Duarte (PUCPR) |
| | Francisco de Assis (Fiam-Faam, SP, Brasil) |
| | Juliana Reichert Assunção Tonelli (UEL) |
| | Maria Aparecida Barbosa (USP) |
| | Maria Helena Zamora (PUC-Rio) |
| | Maria Margarida de Andrade (Umack) |
| | Roque Ismael da Costa Güllich (UFFS) |
| | Toni Reis (UFPR) |
| | Valdomiro de Oliveira (UFPR) |
| | Valério Brusamolin (IFPR) |
| SUPERVISOR DA PRODUÇÃO | Renata Cristina Lopes Miccelli |
| PRODUÇÃO EDITORIAL | Jibril Keddeh |
| REVISÃO | Katine Walmrath |
| | Stephanie Ferreira Lima |
| DIAGRAMAÇÃO | Renata C. L. Miccelli |
| CAPA | Mateus Porfírio |
| REVISÃO DE PROVA | Isabela Bastos |

*A Jesus Cristo, pois seu amor nos conquistou!*

# AGRADECIMENTOS

Obrigado, Senhor Jesus, por se revelar o maior e melhor amigo de todos. À minha amada esposa e companheira, Ivanosca, obrigado por todo o amor e paciência. Meu filho, Heitor, por me inspirar a sonhar. À dona Hilda, minha querida mãe, obrigado por todos os sacrifícios e por ser exemplo de honestidade e trabalho.

# PREFÁCIO

Caro leitor, faltam-me palavras para descrever o quão honrado me senti com o convite de Jorge Reis para prefaciar *Conquistando amigos*. Conhecendo bem o autor desta obra, asseguro que ela não é apenas mais uma obra de um escritor contumaz, na verdade, estas são as primeiras páginas de alguém que se aventura neste maravilhoso universo da literatura. Posso garantir que o autor da presente obra não tem a pretensão de ser reconhecido como grande autor ou escritor, mas tão somente apresentar aos seus leitores onde e como encontrou respostas para muitos, quiçá todos, os seus questionamentos. Quero convidá-lo a gastar um pouco de seu precioso tempo nestas páginas.

*Conquistando amigos* é um misto de descobertas, desapontamentos, incertezas, questionamentos e experiências vividas pelo Pr. Jorge Reis. Ao longo de alguns anos, eu pude acompanhar boa parte desse turbilhão de sentimentos e pensamentos que desassossegavam a mente e o coração desse grande amigo e irmão. Porém, é-me forçoso dizer que, ao ler esta obra, não consegui encontrar nenhum resquício daquele homem cético que conheci. Certamente, os questionamentos que tinha fizeram-no buscar respostas, e tais respostas não poderiam ser vagas ou imprecisas. Dessa forma, dentro de nossa limitação humana, ao ler esta obra, compreendi que o único capaz de suprir suas dúvidas era um amigo que o conhecesse melhor do que ele próprio. Somente quando nos deixamos ser conquistados pelo grande amigo é que compreendemos que tudo tem um propósito e que existem perguntas para as quais só Ele tem a resposta. Confesso que, ao ler este livro, aprendi muito sobre mim mesmo e principalmente sobre Deus. A vida é mesmo cheia de percalços, as adversidades estão presentes no nosso cotidiano. Tristezas, mágoas, ressentimentos, angústias e decepções parecem permear nossos pensamentos e emoções, e por vezes não sabemos o que fazer, para onde ir e nem mesmo a quem procurar, porém lhe garanto que na leitura deste livro você encontrará respostas. Não tenha mais dúvidas! Não perca sua serenidade! Não se martirize com incertezas! Mergulhe seu coração nesta obra e seja conquistado ou reconquistado por este grande e fiel amigo.

**Pastor Vandemir Alves**

*Pastor e graduado em Direito.*
*Atualmente, serve ao Senhor como pastor auxiliar*
*na Comunidade Pentecostal Família de Cristo,*
*em Belo Horizonte.*

# SUMÁRIO

INTRODUÇÃO ................................................................................ 15

**1**
COROA DA CRIAÇÃO .................................................................... 21

**2**
RELACIONAMENTO COM DEUS ................................................ 24

**3**
ENCONTRO MARCADO ................................................................ 29

**4**
OUVE TREVAS NO PARAÍSO ..................................................... 33

**5**
VENENO MORTAL ......................................................................... 37

**6**
VINHO DO PECADO ...................................................................... 42

**7**
FOLHAS DE FIGUEIRA: SE ESCONDENDO DE QUEM? ........ 46

**8**
ONDE ESTÁ MEU AMIGO? ......................................................... 51

**9**
CONSEQUÊNCIA, DURA CONSEQUÊNCIA ............................. 55

**10**

**GRAÇA, UM PRESENTE PARA A HUMANIDADE** ............................... 58

**11**

**DESAPARECIDOS** .............................................................. 63

**12**

**EMANUEL** ...................................................................... 68

**13**

**MEU PAI, MEU HERÓI** ........................................................ 71

**14**

**ERRANTES PELO CAMINHO** .................................................. 75

**15**

**AO DEUS DESCONHECIDO** ................................................... 80

**16**

**FAMÍLIA, PROPÓSITO ETERNO DE DEUS** .................................. 84

**17**

**ABA PAI** ........................................................................ 87

**18**

**EM BOA COMPANHIA** ......................................................... 91

**19**

**EXISTE AMIGO MAIS CHEGADO QUE IRMÃO** .............................. 94

**20**

**GADARA** ........................................................................ 98

**21**
**GÓLGOTA, UM LUGAR INUSITADO**
**PARA SE FAZER AMIGOS**.................................................... 102

**22**
**NO CAMINHO DE EMAÚS**.................................................... 108

**23**
**PRECISO OUVIR TUA VOZ, Ó DEUS!**.................................... 113

**24**
**VELHAS PRÁTICAS: NÃO OLHE PARA TRÁS**...................... 117

**25**
**O QUE DEUS SONHA PARA VOCÊ?**.................................... 121

**26**
**TODOS OS DIAS**.................................................................. 125

**CONCLUSÃO**...................................................................... 129

**REFERÊNCIAS**.................................................................... 130

# INTRODUÇÃO

O dia era a véspera de uma grande festa, o lugar o Gólgota, o horário por volta das 15 horas, ainda era no meio da tarde, porém, como as trevas tomaram conta da terra... parecia noite. Um homem com a garganta seca, língua pegada ao céu da boca, diz estar com sede, mas recebe vinagre no lugar de água, então, arrancando forças não sei de onde, consegue falar suas últimas palavras: "Está consumado!".

Quando lemos sobre a paixão de Cristo na Bíblia Sagrada e nos deparamos com o brado de Jesus na cruz, entendemos que tudo fez parte de um projeto, e nada daquilo que Jesus fez ou lugares por onde passou foi por acaso, tudo fez parte de um plano, minuciosamente executado, cada detalhe estava predeterminado. Ele não foi assassinado pelos romanos, apesar de terem sido eles que o crucificaram, Jesus se entregou como oferta ao Deus Pai, pagando o preço pelos nossos pecados. O único justo por todos os injustos. Aquele que nunca jogou palavras ao vento, tampouco em suas últimas ditas na cruz.

"E, quando Jesus tomou o vinagre, disse: *Está consumado*. E, inclinando a cabeça, entregou o espírito" (João, 19:30 ARC, grifo nosso).

Ele tinha um plano... um plano da reconciliação, um plano de salvação, Jesus tinha um trabalho a ser feito.

Quando penso em viagens a trabalho, recordo-me das vezes em que deveria estar no estado de São Paulo para reuniões e agendas em cidades diferentes, para um mesmo dia. Assim, precisava ser o mais objetivo possível. Minha saída era de Minas, portanto, logo ao amanhecer, deveria realizar o trajeto de casa para o aeroporto. Deixando meu carro no estacionamento do aeroporto, então pegar o voo para São Paulo. Ao chegar lá, alugar um carro e me dirigir para a primeira reunião, que seria em uma cidade próxima. No planejamento das atividades do dia, o almoço deveria ser em algum lugar pelo caminho, pois a outra reunião ocorreria em uma nova cidade. Ao término das reuniões, correr para o aeroporto, devolver o carro alugado, jantar por lá mesmo, pegar o voo de volta. Já em Minas, pegar meu carro, percorrer o caminho de volta para casa, chegando próximo à 0h. Ufa, que correria, não é mesmo?! Imagino que se cansou só de ler. Pois é, viagens a trabalho precisam ser objetivas e organizadas, cada detalhe cronometrado. Levo meu trabalho a sério e acredito que Jesus também levou o dele.

Imagina Jesus fazendo as malas?! Debruçado sobre um cronograma? Com sua agenda toda comprometida, vendo onde e com quem passaria um tempo? Se era trabalho, deveria ser objetivo, certo?! Não poderia perder tempo com jantares, almoços e confraternizações, correto?! Pois, afinal, Jesus era um homem ocupado, com um grande trabalho a fazer, a humanidade precisava de um salvador.

Sim, Ele fez um planejamento, uma programação, porém isso não o impediu de dedicar pouco ou muito do seu tempo às pessoas. Pelo contrário, usou do planejamento para estar com as pessoas.

Eu e minha família decidimos fazer nossa viagem de férias para o Nordeste do país, mais precisamente Maceió, um dos paraísos do Brasil. Como eu gosto de detalhes e minha esposa de organizar, dá para imaginar como nos debruçamos em cada detalhe, buscando explorar ao máximo as possíveis experiências. Desde a companhia aérea, quiosques, feiras à classificação dos restaurantes. Buscamos por cada comentário e imagem possíveis dos lugares que visitaríamos. Mergulhamos tão profundamente que, quando chegamos lá, parecia que já tínhamos estado ali outras vezes, apesar de essa ocasião ser a primeira. As opções eram tantas que precisamos escolher quais lugares nós deixaríamos de fora de nossa lista, e confesso que não foi fácil, pois nosso desejo era aproveitar cada instante e lugar, extrair dessa viagem o máximo possível.

Apesar de ter, sim, um trabalho a realizar aqui, quando imagino Jesus se preparando para sua viagem a terra, penso nas viagens de férias. Tá bom, sei que Ele não estava de férias, tinha um trabalho a fazer e, ainda assim, organizou-se, pensando em passar tempo com as pessoas, aproveitando e extraindo o máximo possível desses momentos. Apesar de um cronograma ser realizado no céu, e Jesus ser o Verbo, este vem em carne, despido de sua glória, cem por cento homem e entregue à vontade e planos traçados de seu Pai. Já passou pela sua cabeça que Jesus poderia vir já adulto? Passaria logo pelo calvário, ressuscitaria e pronto. Entretanto, programou-se para passar tempo com os homens, Ele escolheu ter uma família, um emprego, ir a jantares, festas e fazer amigos. Temos várias passagens bíblicas que nos mostram Jesus socializando.

"[...] entrando [...] *em casa* de um dos principais fariseus para comer pão [...]" (Lucas, 14:1 ARC, grifo nosso).

"[...] certa mulher, chamada Marta, hospedou-o na sua casa [...]" (Lucas, 10:38-39 ARA).

"[...] houve um casamento em Caná da Galileia, [...] *Jesus também foi convidado*, com os seus discípulos [...]" (João, 2:1-2 ARA, grifo nosso).

"[...] Zaqueu, desce depressa, porque hoje *me convém pousar em tua casa* [...]" (Lucas, 19:5-6 ARC, grifo nosso).

Deus não é um Deus distante, isolado e inacessível para a humanidade como a maioria das pessoas pensam. Muito menos indiferente a nós, nossos problemas, sonhos ou projetos. Ele se interessa por mim e você. E, mais que isso, Deus tem prazer em desfrutar de nossa companhia. Tanto que desceu do céu, deixou seu trono de glória, e pela virtude do Espírito Santo gerado no ventre de uma virgem chamada Maria, assim, Ele tornou-se humano para salvar a humanidade. Sua vinda nos revelou como ele ama conviver com os homens. Mesmo que não fôssemos merecedores, Jesus veio por nós. Em Lucas 5:29-32, o vemos ir à casa de Levi, um publicano odiado pelos judeus devido à sua profissão, causando desconforto nos religiosos. Porém Jesus afirma que os sãos não precisam de médico, e sim os doentes. Ele não veio chamar justos, e sim pecadores, ao arrependimento.

Na Bíblia, nós vemos repetidas vezes Jesus em lugares e com pessoas que os religiosos desabonavam, no meio de pessoas comuns. Pessoas cheias de defeitos e que, ainda assim, tiveram o privilégio de estarem com o Cristo, algumas dessas foram tão impactadas ao ponto de reverem seus próprios conceitos, apenas para permanecerem em companhia do Deus-homem.

Quando pensamos em um Deus que se relaciona conosco, uma divindade presente, participante em nossas vidas, já nos parece surreal. Difícil de crer, não é mesmo?

Falando, portanto, em um Deus amigo de seres humanos, parece-nos improvável que tal coisa seja possível. Mas já parou para pensar que Deus tem amigos? Não estou falando de religiosos ou legalistas, mas, sim, de pessoas tão próximas dele que irradiam sua luz por onde andam. Não de pessoas que somente ouviram falar nele, ou pessoas que vão às igrejas e templos como se cumprissem uma obrigação. Quando digo que é possível ser amigo de Deus, não falo isso embasado em fábulas ou imaginações dos homens, mas firmado na inerrante palavra de Deus, a Bíblia Sagrada.

Já conversou com alguém que emana uma paz indescritível, uma serenidade incomum? Pessoas cujas companhias nos atraem, e até dizemos não saber o que tal pessoa tem, porém ele(a) é diferente. Essas pessoas refletem d'Aquele a quem servem e Deste com quem andam. Acredita que isso é possível?! Pois creia, existem pessoas que andam com o próprio Deus. Que quando falam dele, falam com propriedade, não como se apenas tivessem lido muito a seu respeito ou ouvido suas histórias. Pessoas que tiveram as suas vidas transformadas ao terem um encontro com Deus. Pessoas essas que foram conquistadas pelo seu amor e, como consequência, não saberiam mais viver fora de sua Presença. Vemos essa transformação em Pedro e João ao serem interrogados pelos doutores de sua época.

"Ao verem a intrepidez de Pedro e João, sabendo que eram homens iletrados e incultos, admiraram-se; e *reconheceram que haviam eles estado com Jesus*" (Atos, 4:13 ARA, grifo nosso).

E, mesmo esses amigos sendo em sua maioria desconhecidos publicamente, se atentarmos bem, poderemos vê-los, pois não são tão raros quanto se imagina, podemos encontrá-los por detrás de um balcão de mercearia, de um volante de transporte público, nos olhos carinhosos de um pediatra. Podemos enxergá-los em peixarias, feiras e nos lugares mais comuns que se possa imaginar. Talvez, agora mesmo você possa estar ao lado de um amigo de Deus enquanto lê estas palavras. Eles estão em muitos lugares e em vários níveis da sociedade. Quando falamos de pessoas íntimas de Deus, logo imaginamos pessoas incomuns, que vivem isoladas, grandes mestres ou gurus, pessoas próximas à perfeição. Quando, na verdade, são pessoas simples, humildes e até comuns, como eu e você, vivendo nesta terra, porém com o coração nos céus. Pessoas simples que, se não atentarmos bem, não as perceberemos. Podem até ser desconhecidas na terra, porém próximas de Deus.

Meu sincero e profundo desejo é que, ao terminar estas páginas, ao olhar no espelho, veja também um desses tais "amigos de Deus".

Quando me deparei pela primeira vez com a frase "[...] Abraão, meu amigo", no livro de Isaías, no capítulo 41, verso oito, inundou-me o imenso desejo de ouvir de Deus o que Abraão ouviu, ter daquilo que ele tem. A vontade de saber mais dessa amizade inunda a minha mente e alma. O mais tremendo é que quem está dando testemunho da amizade não é Abraão, e sim o próprio Deus. Ora, dizer que é amigo de Deus seria uma coisa, agora, ouvir de Deus que vocês são amigos é algo incomparável. Logo, o que Deus está nos dizendo é:

— Eu tenho amigos! Isso não foi privilégio apenas de Abraão, Moisés, Samuel, Pedro, João e outros tantos inseridos na Bíblia. Deus ainda deseja conquistar novos amigos, a cada dia, em cada minuto, nos mais variados lugares e nos mais incríveis e/ou tumultuados momentos. Ele faz o impossível para conquistá-los. Na verdade, fez, sim, realizou o extraordinário quando deixou seu trono de glória para assumir um corpo de homem, forma física, limitada e dependente para então morrer em nosso lugar!

Como falado por John Paton: "Meu pai andava com Deus; por que não posso eu também andar?" (JOHN PATON, 1836 *apud* ORLANDO BOYER, 2013, p. 153).

Vemos em Gênesis 6:9 a afirmação de que Noé andava com Deus. Vemos o mesmo livro falar que Enoque fez o mesmo. Por que não posso eu também andar? Podemos, sim, andar com Deus, visto que Ele deixou seu trono de glória para vir à terra na pessoa do Cristo, para salvar a humanidade, e com isso conquistou uma multidão de admiradores, ganhando um mar de amigos.

Por várias vezes, ouvi pessoas perguntando: quem é Deus para você? E as respostas que ouvi foram diversas: Ele é… Pai, Senhor, Criador, Protetor, Soberano e tantos outros títulos que recebe entre os homens. Entretanto, a pergunta que gostaria de lhe fazer agora é: quem é você para Deus? E mais... E a seu respeito, o que Ele anda dizendo? Seja sincero. Você é uma criatura ou filho?! É um servo ou amigo?!

É possível ser amigo de Deus! Sim, do Deus Todo Poderoso! E você gostaria de ser amigo dele? Você está pronto para mergulhar em um relacionamento mais profundo e lindo, alcançando intimidade com Deus? Se disse sim, venha comigo e sinta Deus sussurrar aos seus ouvidos o quanto se dedicou e ainda se dedica a você e o quanto Ele ama a sua companhia. Venha e deixe-se conquistar por esse Amor.

# COROA DA CRIAÇÃO

*E disse Deus: Haja luz. E houve luz.*
*(Gênesis, 1:3 ARC)*

Em meio à escuridão, uma poderosa voz ecoa pelo universo: "Haja Luz!". O criador dá início às suas tão belas e grandiosas criações. Com sua voz, o invisível passa a existir, dia após dia, suas criações vêm à existência. Ele simplesmente ordena, haja, haja, haja... e assim se fez. Até que, no sexto dia, o Criador quebra todos os padrões, Ele não utiliza sua voz, e sim as próprias mãos.

Para compreender quão maravilhoso foi esse acontecimento, imagine se pudéssemos testemunhar esse instante. Venha comigo, escolha um local em meio às folhagens e às flores desse lugar extraordinário, acomode-se e observe o Deus Todo Poderoso, que deixou seu trono de glória no mais alto céu para descer a terra, em um jardim na região do Éden, o paraíso na terra plantado por Ele. Esse majestoso rei e criador arregaça suas mangas, dobra a orla de seu vestido e se assenta na terra. Ao colocar as mãos no barro, o universo volta sua atenção ao Éden, contemplando o que estaria fazendo o Arquiteto maior, aquele que nunca precisou fazer nada com as mãos, pois bastava uma palavra sua para o invisível se tornar visível.

Enquanto o barro envolvia seus dedos, a expectativa tomava conta de todos os seres criados até então. As palavras ditas por Deus: "Façamos o homem à nossa imagem, conforme a nossa semelhança", aumentavam as expectativas de como seria essa nova criatura, enquanto o ser foi ganhando forma nas mãos do Artista.

"E disse Deus: Façamos o homem à nossa imagem, conforme a nossa semelhança; [...]" (Gênesis, 1:26 ARC).

Ao terminar sua obra, os espectadores sentiram uma mistura de espanto e curiosidade, pois, apesar de belo, aparentemente, o ser criado não possuía nada de incomum. Quando de repente o Criador surpreende a todos, dando um sopro que enche aquele frágil ser com algo imortal e dá a esse o fôlego de vida. O universo soube, portanto, o que Deus acabara de criar, um ser que possui elementos de dois mundos, um ser de matéria como os animais da terra e com espírito como os anjos do céu. O visível e o invisível se fundiram. O mortal é revestido de imortalidade. Nasce o homem... Nasce a coroa da criação de Deus.

Deus nos fez à sua imagem, à sua semelhança, o homem é o mais extraordinário ser já criado, nossa alma eterna, misteriosa e espantosa, nosso código genético incrível e enigmático! Ao olhar para uma pessoa qualquer que caminha pela rua, por mais comum que essa pessoa possa ser, você está olhando para uma obra-prima criada pelo Arquiteto do Universo. Somos a única criação que possui os dois mundos, o visível e o invisível fundidos em um só ser. Ao mesmo tempo em que somos matéria e possuímos um corpo limitado, mortal e extremamente complexo, temos um espírito que preso a este nos conecta ao Criador e esse segundo é imortal.

Apesar da criatura extraordinária que é o ser humano, quando olhamos pela ótica dessa sociedade de padrões "tortos e cruéis", podemos cometer o erro de esquecer nossa origem, quem somos e de quem viemos. A sociedade prega padrões incomuns, controversos, levando as pessoas a acreditarem que apenas poucos são especiais e que a grande massa não é nada, ou menos que isso! Supervalorizam status, posses, aparência e futilidades. Essa enxurrada imposta pela sociedade em que vivemos pode causar marcas que distorcem sua imagem no espelho, o impedindo de enxergar a verdade. O que nós somos, o que você é. Sim! Você é... a coroa da criação de Deus!

"O homem, [...] é a imagem e glória de Deus [...]" (1 Coríntios, 11:7 ARA).

Provavelmente, você esteja lendo essas palavras e dizendo:

— Mas, Jorge, sou comum, em uma multidão não me destaco. Sou o filho do meio entre vários irmãos.

E, talvez, você realmente não esteja nos padrões de perfeição desta sociedade competitiva e de valores controversos, não seja um atleta de ponta, nem ganhou nenhum prêmio Nobel, muito menos seja uma pessoa da alta sociedade, mas, ainda assim, é uma criatura que, além de inteligente, e extraordinariamente bela, para o Criador, é alguém muito especial, é obra de suas próprias mãos.

Então, caro(a) leitor(a), coloque um sorriso em seus lábios, erga a cabeça, pois você é a criatura mais extraordinária que existe de todos os mundos.

"E formou o Senhor Deus o homem do pó da terra, e soprou em seus narizes o fôlego de vida; e o homem foi feito alma vivente" (Gênesis, 2:7 ARC).

# 2

# RELACIONAMENTO COM DEUS

Criador e criatura; Pai e filho; Senhor e servo; Amigo e amigo:

"Ora, ali estava conchegado a Jesus um dos seus discípulos, aquele a quem ele amava; a esse fez Simão Pedro sinal, dizendo-lhe: Pergunta a quem ele se refere.

Então, aquele discípulo, *reclinando-se sobre o peito de Jesus,* perguntou-lhe: Senhor, quem é?" (João, 13:23-25 ARA, grifo nosso).

O apóstolo mais famoso dos 12 é sem dúvida nenhuma Pedro, o explosivo e sanguíneo, o pescador de homens. Verdadeiramente esse tem seu lugar especial no meio dos apóstolos, mas o texto em João, citado anteriormente, mostra-nos Pedro receoso de perguntar ao mestre quem era o traidor, com um sinal demonstra a João que esse fizesse a pergunta. E João a faz!

Fazer perguntas não tem nada de extraordinário, não é mesmo? As crianças as fazem o tempo todo. Por que isso? Para que isso? Por que dessa cor? Ou por que agora? Por que não pode? Porquês e mais porquês. Porém o que de fato me chama atenção é onde João está no instante da pergunta. Reclinado no peito de Jesus, ouvindo os batimentos cardíacos do Cristo. Que nível de intimidade a de João com Jesus! Não sei se a palavra correta aqui seria "nível". Seria possível mensurar intimidade? Não sei se a sua profundidade se discute. Não conheço uma pessoa sequer que tenha um medidor de intimidade, não vendem isso nas lojas de conveniência. Nem alguém que a conseguiu colocar em uma planilha, ou descrever em gráficos seus níveis, ou demonstrar os degraus para galgar a tão complexa e extraordinária intimidade, uma vez que esta depende de duas pessoas para seu crescimento. Mesmo sendo tão abstrato, os envolvidos, e somente eles, conseguem saber profundamente em qual momento se encontram no relacionamento, se cresceu ou até mesmo decresceu.

Já ouvi tantas pessoas questionarem algumas ações de outras dizendo que intimidade tem limite, ou que, ao ouvirem ou presenciarem um ato de intimidade entre duas pessoas, disseram que tal coisa chega a ser exagero, ridículo ou até desrespeito. Muitas pessoas já me questionaram sobre orar deitado, afirmando que essa atitude era uma afronta e desrespeito a Deus. O que para uns é um absurdo, para outros, é pura simplicidade. Eu sempre lhes respondi dizendo: intimidade é intimidade! Não quero aqui ditar regras de relacionamento com Deus, mas se você compartilha do sentimento de que não podemos orar deitados, pense no seguinte: oração é um diálogo. Se fazemos da oração algo ritualístico, mecânico e engessado, esquecemo-nos que nem toda conversa é sempre formal e impessoal. E que a pessoa a quem estamos dirigindo a palavra quer que a conversa seja prazerosa e sim... pessoal e espontânea. Temos que verdadeiramente gostar das conversas que temos com o Pai. As orações não devem ser como momentos de tortura para nossas mentes e corpos, oração não deve ser penitência, e sim momento de prazer.

A verdade é que quanto mais me derramo nas orações, mais sinto os ouvidos do amigo inclinados a me ouvir.

"Chegue a minha oração perante a tua face, inclina os teus ouvidos ao meu clamor" (Salmo, 88:2 ARC).

"Então me disse: Não temas, Daniel, porque *desde o primeiro dia em que aplicaste o teu coração a compreender e a humilhar-te perante o teu Deus, são ouvidas as tuas palavras;* e eu vim por causa das tuas palavras" (Daniel, 10:12 ARC, grifo nosso).

Jesus andava cercado por milhares de pessoas, multidões afluíam ao seu encontro. Umas pelos pães e peixes, outras à procura de cura, algumas pelas palavras de vida que saíam de seus lábios, outros tantos por mera curiosidade ou até mesmo havia aqueles que o seguiam por inveja e ciúmes. Dessas multidões, Jesus separou para si 70 discípulos, destes selecionou 12 para o apostolado, então, dos 12, 3 conquistaram o mestre de forma profunda e extraordinária, os 2 filhos de Zebedeu, João e Tiago, e o futuro pescador de homens, Cefas, mais conhecido como Pedro. Vemos esses três em lugares e momentos com o mestre em que os demais não puderam estar, até segredos a pedido de Jesus eles guardaram. Entretanto, um deles foi além de todos os demais. João, o filho do Trovão, que depois seria chamado pela igreja de apóstolo do amor. Como ele mesmo gostava de se intitular: "O discípulo a quem Jesus amava".

"Saindo eles de Jericó, uma grande multidão o acompanhava" (Mateus, 20:29 ARA).

"Jesus foi com ele. Grande multidão o seguia, comprimindo-o" (Marcos, 5:24 ARA).

"Seguiram-no muitas multidões, e curou-as ali" (Mateus, 19:2 ARA).

"Depois disto, o Senhor designou outros setenta; e os enviou de dois em dois, para que o precedessem em cada cidade e lugar aonde ele estava para ir" (Lucas, 10:1 ARA).

"Seis dias depois, tomou Jesus consigo a Pedro, Tiago e João e levou-os sós, à parte, a um alto monte. Foi transfigurado diante deles; Ao descerem do monte, ordenou-lhes Jesus que não divulgassem as coisas que tinham visto, até o dia em que o Filho do Homem ressuscitasse dentre os mortos. Eles guardaram a recomendação, perguntando uns aos outros que seria o ressuscitar dentre os mortos" (Marcos, 9:2, 9-10 ARA).

Cada relacionamento que temos na vida é diferente do outro. O de pai para com filho é diferente do marido com a esposa. O relacionamento entre amigos não é o mesmo que o de patrão e empregado. E da mesma sorte existem níveis em cada relacionamento. O quanto será profundo ou raso dependerá de quanto os envolvidos se comprometeram com o relacionamento.

Das multidões que seguiam Jesus, como falamos, cada pessoa tinha seus motivos para o acompanhar, e apesar de existirem muitos diferentes, vamos destacar alguns. Os *insaciáveis*: percebemos que boa parte das pessoas que o seguiam o faziam por causa do pão, pessoas essas que, como hoje, querem apenas os milagres de Deus, mas não o Deus dos milagres. Os *curiosos*: aqueles que por pura curiosidade seguem o mestre. Esses hoje são os espectadores, que participam dos cultos como se estivessem vislumbrando um espetáculo, mero show de artistas. Vão aos cultos pelo cantor que lá estará, pelo pregador, ou apenas para assistir, nunca intencionados a prestar um culto à divindade que tem por nome Jesus, o Cristo. E, por fim, temos os *discípulos*: pessoas falhas e cheias de defeitos, mas que foram fascinadas pelo mestre de tal forma que a vida não tem sentido sem Ele.

Já quando falamos de relacionamento do ser humano com Deus, podemos destacar quatro relações. A primeira, *Criador e criatura*: referência a todos nós criados por Deus; todos no primeiro estágio de relacionamento com Deus são suas criaturas. *Pai e filho*: ou seja, todo aquele que recebe seu Filho, e o seu sacrifício, é logo transformado em filho de Deus. *Senhor e servo*: aqueles filhos que trabalham para o Pai, porém não o conhecem em profundidade. E, por fim, a relação de amizade entre o *Amigo e amigo*: aqueles que mergulham no relacionamento com o Pai, sendo assim chamados por Ele de amigos.

"Mas, a todos quantos o receberam, deu-lhes o poder de serem feitos filhos de Deus; aos que crêem no seu nome" (João, 1:12 ARC).

"*Vós sereis meus amigos*, se fizerdes o que eu vos mando" (João, 15:14 ARC, grifo nosso).

"Já vos não chamarei servos, porque o servo não sabe o que faz o seu senhor; *mas tenho-vos chamado amigos*, porque tudo quanto ouvi de meu Pai vos tenho feito conhecer" (João, 15:15 ARC, grifo nosso).

João foi transformando do estado de criatura para filho, de servo para amigo, simplesmente porque ousou trilhar o caminho da intimidade. E você, caro leitor, como anda seu relacionamento com Deus?

# 3

# ENCONTRO MARCADO

Ser pai de um garotinho requer uma energia incrível. Ao ouvir o barulho das chaves no portão, o Heitor saía correndo e ficava na ponta dos dedos, olhando pelas grades, observando-me abrir o portão. Sempre que eu voltava do escritório, deparava-me com essa cena, aquele menininho com grande sorriso, seus olhos redondos e grandes, meio esverdeados, com um brilho indescritível, esperando-me no portão, cheio de energia e vontade para fazer qualquer coisa, desde que eu estivesse com ele. Na verdade, desde que o Heitor era um bebezinho, quando me via chegar, agitava as perninhas e estendia os braços para que eu o pegasse no colo, mal conseguia lavar as mãos, pois não o pegar de imediato o deixava indignado, e sabem como é um bebê quando quer atenção... Primeiro, agita-se, depois resmunga, e em poucos segundos estará berrando se não tiver o que quer. Agora mesmo, apesar de ele não ser mais um bebezinho, mal consigo ouvir meus pensamentos, porque não para de me chamar, para que eu tenha minha atenção voltada em sua direção, e confesso, ele acaba vencendo. Pois como resistir a esse olhar?

Estar com seu pai é o que ele aguarda com ansiedade o dia inteiro, só para curtir sua companhia. Apesar de todas as coisas que foram experimentadas durante o dia, para o Heitor, o ápice do seu dia era poder compartilhá-lo com o pai. A relação de pai e filho é espantosamente maravilhosa. Ah, ser pai... que experiência extraordinária!

Depois de lhe dar atenção, volto aos meus pensamentos...

Adão anelava a presença do Amigo, como uma criança deseja estar com seu pai. Todas as tardes, na virada do dia, o Pai tinha em sua agenda um compromisso marcado com o menino-homem. Como uma criança que espera ansiosa pelo pai junto ao portão, assim o homem esperava a Deus para seu momento de comunhão diária.

Como um filho que admira e quer aprender com seu pai, o homem maravilhava-se com as palavras que fluíam da boca de seu Criador. Este, por sua vez, com olhar terno ouvia com atenção o que seu menino lhe falava com empolgação, sobre as novidades que havia aprendido.

Andavam juntos, compartilhavam sentimentos e pensamentos. Tinham diálogo, e não monólogo. Podemos visualizar os dois sorrindo juntos. Já imaginou quão maravilhoso seria esse sorriso?! Aquele sorriso acompanhado de um olhar de admiração ao presenciar seu menino desvendar e aprender com tanta empolgação. Consegue enxergar o menino-homem deitado no colo do Pai, e este lhe acariciando os cabelos?

Podemos navegar em suposições sobre quais assuntos conversavam, ou quanto tempo passavam lado a lado em silêncio, apenas se deliciando da companhia um do outro. Talvez, por incansáveis vezes Adão tenha falado ao Criador quão lindo era o pôr do sol. O que eles tinham é o que chamamos de Comunhão!

Não sabemos quanto tempo durou esse período, chamado "Período da Inocência", podem ter sido meses, anos ou até décadas, uma vez que a morte ainda não reinava na terra e na vontade do Criador esse período poderia ter durado para sempre. O homem não foi criado para morrer.

O Criador se torna pai, a criatura se transforma em filho. E, o mais extraordinário, ambos se tornam AMIGOS.

*"Quando ouviram a voz do Senhor Deus, que andava no jardim pela viração do dia*, esconderam-se da presença do Senhor Deus, o homem e sua mulher, por entre as árvores do jardim" (Gênesis, 3:8 ARA, grifo nosso).

Deus tem um horário disponível em sua agenda para passar ao seu lado, amigo(a) leitor(a). Ouvindo suas descobertas, medos e anseios. O desejo dele é participar de sua vida. E você tem tempo para Deus? Somos como crianças à espera do pai junto ao portão de casa, ou tratamos o Criador com indiferença? Estamos fazendo uso da mais utilizada desculpa do século? "Eu não tenho tempo!" Nessa vida agitada e corrida que temos, de agendas apertadas e cheias de compromissos, que na verdade utilizamos como a pura e refinada indiferença. Dedicamos o nosso tempo àquilo que consideramos relevante, importante e/ou urgente, àquilo que amamos.

Os filhos maravilham seus pais com gestos espontâneos de amor e um desejo verdadeiro de desfrutar de sua companhia. Não há segundas intenções, a única coisa que desejam é a agradabilíssima companhia dos pais.

No evangelho de João, em seu primeiro capítulo, podemos constatar que toda criatura que recebe o Cristo é transformada do primeiro estado para o de "filho de Deus", porque Jesus é o único que tem o poder de nos reconciliar com Deus. Ou seja, nos transformar de criaturas a filhos.

"Nascer de novo!" Essa expressão foi utilizada por Cristo para ilustrar o surgimento de uma nova criatura devido ao seu encontro e entrega a Deus. Todo ser humano é uma criatura de Deus, todos vieram dele e receberam o fôlego de vida, entretanto, nem todos chegam a conhecer seu Criador, é verdade que muitos até se tornam filhos, mas apenas alguns se tornam amigos de Deus.

*"Mas, a todos quantos o receberam, deu-lhes o poder de serem feitos filhos de Deus, aos que crêem no seu nome*; Os quais não nasceram do sangue, nem da vontade da carne, nem da vontade do homem, mas de Deus" (João, 1:12-13 ARA, grifo nosso).

*"Vós sereis meus amigos, se fizerdes o que eu vos mando.*

*Já vos não chamarei servos*, porque o servo não sabe o que faz o seu senhor; *mas tenho-vos chamado amigos*, porque tudo quanto ouvi de meu Pai vos tenho feito conhecer" (João, 15:14-15 ARA, grifo nosso).

Em qual estado se encontra hoje? É amigo, filho ou simplesmente criatura? Desculpe, é que não resisti, tive que lhe fazer novamente essa pergunta e gostaria que você respondesse com sinceridade a si mesmo. Observando que só passamos do estado de criatura para filho quando recebemos verdadeiramente a Jesus e permitimos que este nos molde o caráter. E só nos transformamos em amigos quando buscamos sua vontade lhe dando ouvidos e passamos a buscar constantemente comunhão com Ele. Quando sua companhia se torna indispensável.

# 4

# OUVE TREVAS NO PARAÍSO

Não sabemos se foi em uma terça, ou em um delicioso e tranquilo domingo, o dia da semana não nos foi informado, nem tampouco em qual estação do ano, então, em certo dia, como de costume, Deus desce ao Éden, ao lugar marcado de sempre, no mesmo horário de sempre, para o encontro diário com seu filho. Estaria tudo ocorrendo exatamente como em todos os dias, exceto por um detalhe, estranhamente seu garoto, que nunca antes se atrasara, não estava lá. O Pai começa a andar pelo jardim à procura de seu menino. A mesma poderosa voz que criou o universo agora ecoa pelo Éden. E a palavra que se ouve não é "Haja", dessa vez não era uma ordem para que algo fosse criado. Mas as palavras que ecoavam pelo jardim eram: "Adão... onde estás?". Uma das perguntas mais profundas e tristes dentro da Bíblia Sagrada. Porém, antes de mergulharmos nas águas profundas dessa pergunta, vamos entender o que foi capaz de fazer com que o amigo não fosse ao seu compromisso diário.

O que aconteceu?!

Uma serpente entrou no paraíso. Enganadora e sedutora. A mulher se deixou envolver por ela. O homem, tentado a ter mais conhecimento, esquece o que seu Pai lhe havia proibido.

"mas da árvore do conhecimento do bem e do mal não comerás; porque, no dia em que dela comeres, certamente morrerás" (Gênesis, 2:17 ARA).

Não sabemos se de fato o fruto tinha algum poder metafísico, entretanto, entendemos que a desobediência do ser humano tinha o poder de transformá-lo em um ser miserável. A obediência, no entanto, o faria permanecer em seu estado original (sem os grilhões do pecado). E foi sua desobediência que o transformou, visto que a aliança que tinha com o Amigo foi quebrada.

Portanto, quando o homem perde a essência de menino, desesperado com a angústia e vergonha que agora permeavam seu coração, este se esquece do compromisso, que só é lembrado quando ouve a voz do Amigo que o procurava pelo jardim.

E com medo... esconde-se.

Adão, Adão, Adão... onde estás?!

Essa pergunta, que vinha carregada de dor e tristeza, continuava a ser feita, deixando o ser humano ainda mais envergonhado.

"E chamou o Senhor Deus ao homem e lhe perguntou: *Onde estás?*" (Gênesis, 3:9 ARA, grifo nosso).

Quando olhamos para quem está fazendo a pergunta, ela nos parece sem sentido, visto que quem a faz é o Onipresente, Onipotente e Onisciente. Aquele que tudo vê e que em todos os lugares está ao mesmo tempo.

Sendo assim, era do conhecimento do Amigo o que o homem acabara de fazer. O que esse fez foi quebrar a aliança, ferir o coração do Amigo, entristecendo grandemente seu Pai. Deixou entrar em sua vida a única coisa que poderia afastá-lo de seu Amigo:

O Pecado!

Deus sabia atrás de qual arbusto Adão estava escondido, sabia também quantas folhas de figueira ele usou para tentar esconder sua nudez, porém sem nenhum sucesso, porque sua nudez não era apenas na carne, mas seu espírito e alma também estavam despidos. Deus sabia onde estava a criatura, sempre soube. O que Ele queria saber então?!

Onde seu amigo estava?

No Éden, a pergunta ecoava sem resposta. Ainda hoje, essa mesma pergunta continua a ser feita, Deus ainda aguarda uma resposta. Mas não a resposta de Adão, pois este, alguns séculos depois do triste acontecimento, foi recolhido e voltou ao Pai.

Hoje, o Pai chama por vários outros nomes, Anna, Bruno, Ester, André, Sarah, Mara... onde estás?!

Se é um desses(as) amigos(as) distantes, seu nome caberia a seguir:

_____, onde estás?!

Seu nome está sendo pronunciado pelos lábios de Deus. O Pai está chamando por você!

Será que o Amigo terá a sua resposta hoje?

O Senhor quer que confessemos e deixemos nossos pecados, por isso, continua fazendo a pergunta. A verdade é que muitos fingem não a ouvir, ignoram completamente a Voz, outros já nem se envergonham mais de seus erros e mazelas, acostumaram-se com o fétido pecado.

Um ser que resplandecia a inocência, originalmente criado com esse estado, que era como uma luz que expelia as densas trevas do pecado, na verdade, esse ser não conhecia as trevas, não sabia o que era o pecado.

Quando as trevas chegam ao paraíso provocando a ausência de luz, Adão e Eva sentem pela primeira vez o MEDO, sentimento esse que acompanharia seus descendentes por longuíssimo tempo, até que o verdadeiro Amor o lançasse fora.

Houve trevas no paraíso, trevas de dor e tristeza. Trevas de angústia, remorso e medo, imensa e terrível escuridão chamada pecado. Sensações como culpa, medo e vergonha agora fazem parte da vida dos seres humanos. Essa escuridão inundou a alma do homem. Escuridão é a ausência de luz e foi exatamente o que acabou de acontecer, o homem passou da maravilhosa luz da inocência para a terrível e assustadora escuridão do pecado.

A partir daí, a humanidade passaria a tatear à procura do Amigo. Buscariam por Deus em objetos, animais, astros e até mesmo nos próprios homens, porém sem sucesso. A escuridão se torna tão densa, que a maioria da humanidade não o veria mais como Amigo. E grande parte não acreditaria mais em sua existência... porque houve trevas no paraíso...

"... Ouvi a tua voz no jardim [...], *tive medo, e me escondi...*" (Gênesis, 3:10, 13 ARA, grifo nosso).

Talvez, sua resposta seja parecida com a de Adão: "Tive medo, e por isso me escondi!".

"No amor não existe medo; antes, o perfeito amor lança fora o medo. Ora, o medo produz tormento; logo, aquele que teme não é aperfeiçoado no amor" (1João, 4:18 ARA).

Enquanto a amizade não for retomada, o medo continuará a causar tormentas.

O Amigo ainda chama, Ele ainda espera por sua resposta.

E quem sabe essa resposta hoje seja: Eis me aqui!

# 5

## VENENO MORTAL

A serpente abrasadora conseguiu injetar no primeiro casal seu entorpecedor e mortal veneno. Como se não bastasse a hereditariedade desse veneno, a astuta criatura nos pica outra e outra vez sempre que possível. Seu veneno corre pelo sangue de toda a raça humana.

"pois *todos pecaram* e carecem da glória de Deus," (Romanos, 3:23 ARA, grifo nosso).

Não sou nenhum especialista em víboras, apesar de já ter experimentado palavras carregadas de mortal veneno das pessoas mais improváveis, mas estas não seriam necessariamente víboras. Em minhas pesquisas, descobri que alguns tipos de venenos das víboras paralisam suas presas, outros as fazem ter hemorragias internas e externas, já outros matam os tecidos da vítima para facilitar sua digestão, ainda outros impossibilitam a circulação sanguínea.

Porém, não se engane, a intenção sempre é provocar a morte! E a morte aqui não se trata apenas da morte do homem interior, a morte espiritual, mas também por causa do veneno, a morte física tem seu poder sobre a humanidade e a morte eterna se torna uma realidade.

A maioria esmagadora das pessoas se entrega de tal forma aos desejos carnais, que para estas o pecado é apenas um mito religioso. Não existe bem e mal, certo ou errado, desde que a pessoa não esteja prejudicando ninguém além de si mesma. Acreditam que o pecado não passa de um pesado fardo criado pelas religiões, com a intenção de amedrontar, aprisionar e controlar seus seguidores. Tolo é todo aquele que assim pensa! Fardo, sim, porém tão real quanto eu e você.

Milhares de pessoas estão paralisadas com esse veneno, sem ainda atentarem para isso. Grande número de pessoas desce à sepultura sem se dar conta de que foram picadas pela ardilosa serpente. Muitos não percebem seus danos, mesmo que esses efeitos destrutivos estejam tão evidentes na sociedade. Os efeitos desse veneno são diversos, porém o mais terrível deles é que ele tem o poder assustador de nos afastar do Pai, distanciar-nos do nosso grande Amigo.

Assim como o veneno das víboras sempre tem a intenção final de matar, o da astuta serpente também é capaz de levar o homem à morte, e morte eterna. Ou seja, passar a eternidade sem a companhia de Deus.

Esse veneno está tão presente na vida dos homens, que a tendência do ser humano é se acostumar com esse mal, tornando-se indiferente à aversão que Deus sente pelo pecado, e essa indiferença causa-nos apatia. Então, ao estarmos sem energia, o pior acontece.

Conformar-se!

"Ora, as obras da carne são conhecidas e são: prostituição, impureza, lascívia, idolatria, feitiçarias, inimizades, porfias, ciúmes, iras, discórdias, dissensões, facções, invejas, bebedices, glutonarias e coisas semelhantes a estas, a respeito das quais eu vos declaro, como já, outrora, vos preveni, que não herdarão o reino de Deus os que tais coisas praticam" (Gálatas, 5:19- 21 ARA)

Aqueles que não querem viver enlameados pelo pecado tentam se lavar. Alguns tentam limpar suas consciências com algumas migalhas de boas obras. Dizendo para si mesmos que são boas pessoas.

Por mais que lutemos contra esse veneno (o pecado), não conseguimos vencê-lo sozinhos, assim um sentimento de impotência envolve a todos os seres humanos de todas as gerações e todas as classes sociais, o pecado não escolhe com base no berço a quem vai envolver ou não, ele envolve a todos. Pois todos herdamos esse mal do primeiro casal. Em toda a terra, não se achou e não há um homem ou mulher capaz de desenvolver anticorpos para vencer esse mal. Estávamos fadados à morte.

"Porque nem mesmo compreendo o meu próprio modo de agir, pois não faço o que prefiro, e sim o que detesto. Ora, se faço o que não quero, consinto com a lei, que é boa. Neste caso, quem faz isto já não sou eu, mas o pecado que habita em mim.

Porque eu sei que em mim, *isto é, na minha carne, não habita bem nenhum*, pois o querer o bem está em mim; não, porém, o efetuá-lo" (Romanos, 7:15-19 ARA, grifo nosso).

"[…] mas vejo, nos meus membros, outra lei que, guerreando contra a lei da minha mente, me faz prisioneiro da lei *do pecado que está nos meus membros*" (Romanos, 7:23 ARA, grifo nosso).

Não é difícil sentir empatia por Paulo lendo esses textos, porque não só nos vemos como, de fato, estamos na mesma posição.

"Desventurado homem que sou! *Quem me livrará do corpo desta morte?*" (Romanos, 7:24 ARA, grifo nosso).

É notório o desespero do apóstolo, por mais que tentemos, esse mal reaparece, os sintomas do veneno querem ganhar força e fazer valer o intuito inicial, levar-nos à morte.

Quando falamos de humanidade, isto é uma verdade: falamos o que não devemos falar, olhamos para o que não nos é lícito, tocamos o que não nos convém tocar, enganamos, mentimos, temos preguiça ou sentimos inveja, medo, orgulho, ódio, gula, pisamos onde não devemos pisar, temos vícios, pecamos, todos nós pecamos.

Quem me livrará?! Perguntava o apóstolo, como nós também perguntamos.

Quem nos livrará?!

Não se desespere, existe um Antídoto... aprouve a Deus nos preparar um.

"*Graças a Deus por Jesus Cristo, nosso Senhor*. De maneira que eu, de mim mesmo, com a mente, sou escravo da lei de Deus, mas, segundo a carne, da lei do pecado" (Romanos, 7:25 ARA, grifo nosso).

Podemos receber do sangue d'aquele que é imune ao pecado, este que mesmo vindo a terra como homem nunca cometeu pecado. Para que pudéssemos ter acesso ao antídoto, seu sangue precisaria ser drenado de seu corpo, e assim foi, em morte de cruz, Jesus entrega sua vida por nós.

Morrendo a nossa morte, para termos de sua vida!

"Aquele que não conheceu pecado, ele o fez pecado por nós; para que, nele, fôssemos feitos justiça de Deus" (2Coríntios, 5:21 ARA).

"Porque não temos sumo sacerdote que não *possa compade-cer-se das nossas fraquezas*; antes, foi ele *tentado em todas as coisas, à nossa semelhança, mas sem pecado*" (Hebreus, 4:15 ARA, grifo nosso).

Talvez, você esteja se perguntando, ansioso:

— Ok, ok, mas como ter acesso a esse antídoto?

— Onde é o guichê para realizar o pagamento?

Não precisa pagar, seu dinheiro não pode comprá-lo, a verdade é que nem com todas as preciosidades da terra poderia.

Vamos começar pelo começo.

"Se confessarmos os nossos pecados, ele é fiel e justo para nos perdoar os pecados e nos purificar de toda injustiça" (1João, 1:9 ARA).

Confesse a Ele!

E se sua pergunta seguinte for: qual o próximo passo?

Ande com Ele!

"Se, porém, andarmos na luz, como ele está na luz, mantemos comunhão uns com os outros, e o sangue de Jesus, seu Filho, nos purifica de todo pecado" (1João, 1:7 ARA).

# 6

# VINHO DO PECADO

*E não vos embriagueis com vinho, no qual há contenda, mas enchei-vos do Espírito.*
*(Efésios, 5:18 ARC)*

Quando um alcoólatra diz para si mesmo: este será o último gole... o último copo! Está mentindo a si mesmo. O viciado em jogos diz que não mais apostará com as economias da família. O adúltero diz à amante que deixará sua mulher e diz a si mesmo que deixará a amante. O primeiro passo para um dependente ser liberto do vício é assumir seu problema. Parar de mentir para si mesmo.

Um portador de maus hábitos não possui naturalmente o que é necessário para combater esse mal... ele precisa de ajuda. E quem melhor do que aquele que verdadeiramente pode libertá-lo de qualquer mal?

Enquanto estiver tentando com suas próprias forças, sozinho, não alcançará sucesso ou, talvez, o possa até alcançar, porém temporariamente.

Entretanto, para se ter o corpo livre desse mal, precisamos daquele que tem o remédio, do único antídoto eficaz, precisamos do sangue do Cristo.

Deus não nos chamou para sermos escravos, mas, sim, livres.

E chegará um dia em que os remidos não mais pecarão, quando com Cristo para sempre estiverem, na eternidade futura. Até lá, ainda que não sejamos mais viciados no pecado, não podemos ficar longe do antídoto, ou nos embriagaremos com esse vinho, o pecado.

Sabemos que, para mantermos comunhão com Deus, precisamos fugir do pecado. Dia após dia, andando em vigilância para não entristecer o coração do Amigo. E não é uma tarefa fácil, já que sabemos que o pecado está em nossa própria carne, como vimos anteriormente.

O pecado entorpece o espírito do homem, já este, quando embriagado com esse mal, acostuma-se com a visão turva e pouco ou nenhum discernimento. O pecado, assim como a bebida forte, destrói a sobriedade do homem.

Miguel, um senhor de 80 e poucos anos, foi um homem prisioneiro de bebidas alcoólicas por muitos anos. Sua dependência chegou a tal ponto que, para tentar se satisfazer, ingeria álcool puro. Como em um estalo, aquele senhor decidiu com firmeza de coração que não beberia mais. Eu vi esse homem largar a bebida como se nunca bebesse antes. Com esse vício, abandonou também outro, o de fumante. Essa atitude por anos me serviu de inspiração. Esses dois vícios (vinhos) do inferno eu o vi vencer, antes de sua entrega aos pés da cruz. Infelizmente, vi esse mesmo campeão se curvar novamente, ante o vinho do pecado, que nesse segundo estágio o dominava assustadoramente, já que sem Cristo nossas vitórias são ilusórias e temporárias.

Um outro vinho que acompanha outros tantos e aprisiona seus usuários é a arrogância! Sabemos bem o poder destrutivo desse vinho. Quem está aprisionado e acostumado ao vício não se vê como viciado e, sendo assim, acredita não precisar de ajuda. Assim como o álcool entorpece a mente, distorcendo os sentidos, o vinho do pecado também o faz. Para o senhor Miguel, o vinho da arrogância o tornava extremamente rude, isso lhe trouxe a solidão, visto que por muito tempo afastou de si todos os que o amavam. E, quando todos estavam distantes, seu primeiro vício veio ainda mais forte. Voltou a beber compulsivamente até quase perder a vida. A arrogância lhe causou solidão e esta, por sua vez, levou-o novamente à antiga dependência. Nenhum alcoólatra se torna dependente da noite para o dia. Começam aos poucos, porém, quando se dão conta, são prisioneiros desse mal. Da mesma forma, a perda desses vícios não acontece de forma repentina. Há um tempo e um processo para isso, doloroso, é verdade, mas que deve ser seguido e respeitado. Confie no Amigo.

E você costuma se embriagar com alguma bebida forte? Algum pecado costuma atraí-lo? Talvez, você também já tenha se embriagado com essa bebida forte chamada arrogância. Que vinhos seriam esses que o seduzem?

Seriam horas a fio na internet, embriagando-se com tudo o que não deveria ver? Seria pornografia? Adultério? Mentiras? Ou por quebrar promessas uma atrás da outra, que sua palavra não teria mais valor? Seria ego inflado? Talvez, seja flertar com seu(sua) novo(a) colega do trabalho. Ou quem sabe uma língua maldizente, ou a cobiça? Qual o nome do vinho? Sim, é com você que estou falando, leitor(a).

Talvez, sua resposta seja que não tem nenhum vinho o(a) aprisionando. Se é assim, Deus seja louvado! Continue resistindo ao mal com a força do seu Senhor.

Entretanto, se tem algum vinho que lhe rouba a sensatez, confie n'Ele e conte com o Amigo!

O sabor inicialmente doce do vinho dá lugar a um terrível amargo que não passa tão facilmente. O pecado é atrativo, prazeroso e inicialmente parece bom, porém os efeitos "benéficos" (se é que se pode chamar assim) do pecado são passageiros, entretanto seus males são duradouros ou eternos.

Se existe algum vinho lhe entorpecendo a mente, fuja! Acreditar que pode conseguir sozinho é pura ilusão, busque ajuda do seu Pai Celestial, porque este conhece as mais vergonhosas de suas fraquezas e o desejo dele é que você seja verdadeiramente livre. Fujamos de tudo que tenta roubar nossa comunhão com o Amigo.

"Não veio sobre vós tentação, senão humana; mas fiel é Deus, *que não vos deixará tentar acima do que podeis*, antes com a tentação dará também o escape, para que a *possais suportar*" (1 Coríntios, 10:13 ARC, grifo nosso).

O senhor Miguel encontrou Jesus depois dos 80 anos e sentiu o gosto maravilhoso da salvação, este então foi verdadeiramente liberto por Cristo.

# FOLHAS DE FIGUEIRA:
# SE ESCONDENDO DE QUEM?

*E ouviram a voz do Senhor Deus, que passeava no jardim pela viração do dia; e esconderam-se Adão e sua mulher da presença do Senhor Deus, entre as árvores do jardim.*
*(Gênesis, 3:8 ARC, grifo nosso)*

Todos nós já tivemos atitudes das quais nos envergonhamos e mais pensamentos do que ousamos pronunciar. Pecamos, e, de fato, esse mal está impregnado na nossa carne, parece fazer parte de nosso código genético.

"Porque eu sei que em mim, isto é, *na minha carne, não habita bem algum....*" (Romanos, 7:18 ARC, grifo nosso).

Após a queda do ser humano, o pecado se tornou parte do cotidiano da humanidade. A questão que gostaria de abordar aqui não é só a realidade de sermos incapazes de não pecar, e sim o fato de a maioria de nós tentarmos esconder de Deus nossos pecados.

Adão se escondeu, não sei se o medo era o maior sentimento com que estava lidando naquele momento, talvez, a vergonha estivesse lado a lado com o medo. Acredito que sua desobediência e nudez o envergonharam muito. A reação comum do ser humano após cometer um erro é tentar escondê-lo, por não querer ficar exposto. Para não corar o rosto, cobre-se com folhas de figueira e se esconde atrás de um arbusto.

"Abriram-se, então, os olhos de ambos; *e, percebendo que estavam nus, coseram folhas de figueira e fizeram cintas para si. Ele respondeu:*

Ouvi a tua voz no jardim, e, porque estava nu, tive medo, e me escondi" (Gênesis, 3:7, 10 ARA, grifo nosso).

Quando eu ainda era um garotinho, amava brincar de esconde-esconde; hoje, ao observar meu filho se divertir com a mesma brincadeira, percebi algo que não via quando criança. Que uma criança, ao se esconder atrás de uma cortina, uma almofada de sofá, ou apenas cobrir a cabeça, imagina que isso a deixa invisível. Uma criança não se preocupa com os pés à mostra atrás de uma cortina; a maior diferença entre um adulto se escondendo do Pai e uma criança brincando de esconde-esconde é que a criança não busca o melhor esconderijo do mundo, pois para ela o ápice da brincadeira é ser encontrada.

"Se, como Adão, encobri as minhas transgressões, ocultando o meu delito no meu seio" (Jó, 31:33 ARC).

E você costuma se esconder por algo que fez ou esconder algo que fez? O que está escondendo do Amigo?

Quando pecamos e continuamos mentindo para nós mesmos, que Deus não nos vê, cremos estar escondidos... e nisso está o grande perigo, dado que pecados não confessados nos afastam de Deus. O poder destrutivo do pecado escondido é tão grande, que o resultado é a morte. Adão e Eva não tiveram sucesso ao tentarem se esconder, nem tampouco com as folhas de figueira em cobrir suas vergonhas; mostram-nos isso ao confessarem para Deus que ainda estavam nus.

Se Deus nos vê hoje como via Adão e Eva. Logo, como poderíamos fugir de sua face? A resposta é: não podemos!

Do que você está se escondendo? Não é possível se esconder do Onipresente! O que está escondendo? Não é possível esconder coisa alguma do Onisciente!

"Sabes quando me assento e quando me levanto; de longe penetras os meus pensamentos. Esquadrinhas o meu andar e o meu deitar e conheces todos os meus caminhos. Para onde me ausentarei do teu Espírito? Para onde fugirei da tua face?" (Salmos, 139:2-3, 7 ARA).

"E, vendo de longe uma figueira com folhas, foi ver se nela, porventura, acharia alguma coisa. Aproximando-se dela, *nada achou, senão folhas; porque não era tempo de figos.*

Então, lhe disse Jesus: Nunca jamais coma alguém fruto de ti! E seus discípulos ouviram isto" (Marcos, 11:13,14 ARA, grifo nosso).

Quando nos deparamos com o trecho na Bíblia em que vemos o manso Nazareno amaldiçoando essa árvore, parece muito longe do Jesus de que muito lemos a respeito e de que tanto ouvimos falar, meigo, manso e amoroso, do Cristo que ama os pecadores apesar de abominar o pecado. Aquele que se entregou no madeiro por nós, abrindo mão de sua própria vida, demonstrando o imenso e incondicional amor por nós. Amor esse que não o impede de ser o Deus santo e justo que Ele é. Porém, quando nos aprofundamos no texto, percebemos que a razão aqui é nos ensinar sobre o perigo da hipocrisia.

A árvore aqui citada é um dos grandes símbolos entre os judeus, "a figueira". Jesus a vê de longe, cheia de folhas; talvez, o homem Jesus tenha salivado ao lembrar-se do gosto adocicado dos frutos dessa árvore; mas, ao se aproximar dela, encontra-a sem frutos, sua reação logo é amaldiçoá-la. E, talvez, um dos discípulos presenciando a cena poderia dizer:

— Senhor, mas não é tempo de figos!

Entretanto, nenhum dos discípulos ousa dizer alguma coisa, porque sabiam o que acontecera. Acredito que também tenham salivado pela vontade de comer desses frutos e se decepcionaram ao constatar que a sinalização da árvore era falsa. Se seu conhecimento sobre árvores é como o meu, quase zero, deixe-me lhe explicar o que descobri ao buscar conhecer mais sobre essa árvore em específico. Apesar de ter essa mesma espécie de árvore no quintal de casa quando era criança, eu não sabia o porquê de essa árvore dar seus frutos sem ter uma folha sequer.

Veja o que descobri: essa espécie perde suas folhas antes de suas flores nascerem. Uma outra curiosidade é que suas flores nascem no interior de seus galhos, e logo seus frutos crescem, somente depois dos frutos é que ela produz novamente suas folhas. Já entendeu, né?! Eu sabia que você entenderia fácil assim. Então, quando enxergaram a figueira ao longe com suas folhagens, logo imaginaram que se deliciariam com seus frutos; entretanto, ao se aproximarem, nada encontraram, isso quer dizer que procuraram por toda a árvore, mesmo não sendo tempo de frutos, porque a árvore sinalizava haver frutos temporãos.

Na vida em sociedade, as pessoas costumam colocar máscaras para não mostrarem o que realmente estão sentindo, pensando ou o que realmente são. A comparação em que quero me ater aqui é sobre pessoas que hoje escondem seus pecados, pessoas infrutíferas e hipócritas, que se escondem atrás de seus cargos, títulos ou postos, porém sem fruto algum. Não se esconda atrás das folhas de figueira.

"Produzi, pois, frutos dignos de arrependimento" (Mateus, 3:8 ARA).

Como já enfatizado, devemos lutar contra o pecado em nossas vidas, pois essa peleja existirá enquanto estivermos em um corpo corruptível, isso é fato. Porém um dia teremos um corpo incorruptível. Mas, enquanto esse dia glorioso não chega, os pecados na vida dos filhos de Deus devem ser acidentes, e não rotina. E todos os acidentes devem ser confessados e abandonados. Assim como todas as precauções para evitar esses acidentes devem ser tomadas.

"Já está posto o machado à raiz das árvores; toda árvore, pois, que não produz bom fruto é cortada e lançada ao fogo" (Mateus, 3:10 ARA).

Confesse hoje, abandone agora cada pecado que está praticando, e não se preocupe, o Pai não se escandaliza com nenhum deles, por mais absurdos que sejam. O Senhor sabe que se você não os confessar e os abandonar, não poderá ter comunhão com Ele. É claro que pecados possuem consequências, a mais terrível delas está nos pecados não confessados, portanto, o pior é não ter mais contigo o teu Pai.

Folhas de figueira não cobrem pecados, o que cobre a nudez é o sangue do Cordeiro de Deus.

"O que encobre as suas transgressões jamais prosperará, mas o que as confessa e deixa, alcançará misericórdia" (Provérbios, 28:13 ARA).

# ONDE ESTÁ MEU AMIGO?

Deus perdeu um admirador, e o homem perdeu o melhor amigo que poderia conquistar. O Senhor ainda hoje busca por amigos que se deixaram levar pelo pecado, que abraçaram a apatia causando uma frieza na alma, provocando um gélido inverno que teima em não passar. Esses que se esqueceram dos encontros rotineiros com o Amigo, substituindo o afeto por Deus pela indiferença à sua santidade.

Você, talvez, encaixe-se no grupo de pessoas que vão à igreja, participam dos cultos, cantam em conjuntos e até ministram... ofertam seu tempo e recursos. Grupo esse que se considera de boas pessoas, decentes até. E, talvez, você, ao ler estas palavras, imagine que pessoas desse grupo não podem ser indiferentes a Deus. Não poderia estar mais enganado.

Gostaria que entendesse algo. Não estamos enfatizando aqui a religiosidade, e sim intimidade. E que esta só pode existir entre duas pessoas que estão em um relacionamento.

Por que a maioria dos casais perdem a cumplicidade com o passar dos anos? Se esquecem que intimidade é uma busca contínua. Por estarem acostumados com a presença um do outro, esquecem-se que conviver não é o mesmo que estar em comunhão com alguém, estar lado a lado. Pois, para alcançar ou manter a intimidade, é necessário entrega mútua. Comunhão no sentido literal da palavra; caminhar juntos, compartilhar pensamentos e sentimentos, dialogar.

Olhe para aquele jovem, prostrado naquele chão empoeirado aos pés do mestre, cheio de boas intenções.

"E, pondo-se Jesus a caminho, correu um homem ao seu encontro e, ajoelhando-se, perguntou-lhe: Bom Mestre, que farei para herdar a vida eterna? Respondeu-lhe Jesus: Por que me chamas bom? Ninguém é bom senão um, que é Deus" (Marcos, 10:17-18 ARA).

Não há justificação por obras, não existe reconciliação com o Pai levando em conta nossas boas ações. Ninguém é bom o suficiente levando em consideração os altíssimos padrões de Deus, que é nada menos que santidade. O jovem estava certo em uma coisa, Jesus é bom.

"E Jesus, *fitando-o, o amou* e disse: Só uma coisa te falta: Vai, vende tudo o que tens, dá-o aos pobres e terás um tesouro no céu; então, *vem e segue-me*" (Marcos, 10:21 ARA, grifo nosso).

Aquele homem seguia os principais mandamentos desde sua juventude, porém deixa claro que sua confiança não estava em Deus, mas em suas riquezas. Jesus demonstra nesse contexto como seria difícil uma pessoa rica entrar no reino de Deus. Jesus não lança palavras ao vento, fala-as com a intenção de provocar questionamentos sobre quem poderia ser salvo, e a pergunta surge. E Cristo rapidamente responde:

"Jesus, porém, fitando neles o olhar, disse: *Para os homens é impossível; contudo, não para Deus, porque para Deus tudo é possível*" (Marcos, 10:27 ARA, grifo nosso).

Aquele jovem cheio de posses teria o privilégio de sair do status de um admirador em meio à multidão para ser um discípulo que andaria com Jesus, lado a lado com o Messias. Porque as multidões vinham e iam, entretanto os discípulos permaneciam em comunhão com o Cristo.

"Por isso, também eu, tendo ouvido a fé que há entre vós no Senhor Jesus e *o amor para com todos os santos*, não cesso de dar graças por vós, fazendo menção de vós nas minhas orações" (Efésios, 1:15-16 ARA, grifo nosso).

Vê-se, no primeiro capítulo da carta de Paulo aos efésios, uma igreja agraciada e mui amada do Senhor, que esta possuía um amor inspirador. Entretanto, posteriormente, aproximadamente 30 anos mais tarde, no livro de Apocalipse, essa mesma igreja recebe agora outra carta, em que é duramente repreendida pelo Senhor Jesus por abandonar o primeiro amor.

"Tenho, porém, contra ti que *abandonaste o teu primeiro amor*" (Apocalipse, 2:4 ARA, grifo nosso).

O que fez com que uma igreja amorosa abandonasse esse amor e se tornasse tão religiosa e legalista? Ou será que foi se tornar legalista e religiosa que a fez perder o amor que possuía? Quando fui resgatado por Cristo das densas trevas para sua maravilhosa luz, ouvi a seguinte frase: primeiro amor é coisa de novos convertidos; depois de alguns anos, essa efusão do recém-convertido passará! E ainda me advertiram: aproveite, pois passa!

A repreensão de Jesus a essa igreja nos mostra que na verdade não passa ou, pelo menos, não deveria passar. Se tal amor não arde mais em nossos corações, é porque em algum momento na caminhada nós o abandonamos.

E talvez, só talvez, você esteja agora mesmo questionando: "Mas, Jorge, só ir à igreja não é o suficiente? Como bom cristão estou cumprindo minha parte!".

Leia os versos que antecedem a advertência de Jesus à igreja em Éfeso e me diga você.

"Conheço as tuas obras, tanto o teu labor como a tua perseverança, e que não podes suportar homens maus, e que puseste à prova os que a si mesmos se declaram apóstolos e não são, e os achaste mentirosos; e tens perseverança, e suportaste provas por causa do meu nome, e não te deixaste esmorecer" (Apocalipse, 2:2-3 ARA).

Não querendo aqui atribuir sentimentos humanos a Deus, todavia me parece oportuno perguntar se você acredita que seu Amigo tem saudades, se Ele sente falta do tempo em que você era somente uma criança em sua presença? Puro, inocente, simples, entusiasta. Quando você se deliciava com sua palavra, passava horas conversando com Ele em seu quarto, como se seu Pai estivesse ali... e que, na verdade, estava, apesar de não poder vê-lo, nem tampouco tocá-lo, o Amigo sempre estava lá para você. Saudade de tempos em que você se entregava a Ele, dedicava-se a Ele, rendia-se aos pés d'Ele. Quando você ficava eufórico só de saber que teria culto. Quando prestar um culto não era algo mecânico e forçado.

Saudade, esse sentimento provocado pela ausência de algo ou alguém é o que seu Amigo quer sanar, ele anela reviver com você as experiências que tiveram juntos.

Sim, sim, sabemos que Deus é independente, não precisa de coisa alguma, mas não é isso que nos deixa mais admirados? Apesar d'Ele não precisar, anela por nossa companhia.

O Todo Poderoso, mesmo sendo o onipotente, ainda busca por seu(sua) amigo(a). Deus sabia atrás de qual arbusto Adão e Eva estavam o tempo todo, o que Ele gostaria de saber era onde estavam seus amigos.

Deus sabe onde você se esconde, porém Ele gostaria que vocês voltassem a ser amigos. Ele veio te procurar, continua a te alertar, só depende de você ouvi-lo.

*"Lembra-te, pois, de onde caíste, arrepende-te e volta à prática das primeiras obras*; e, se não, venho a ti e moverei do seu lugar o teu candeeiro, caso não te arrependas" (Apocalipse, 2:5 ARA, grifo nosso).

O que Deus quer é que você reflita sobre seus erros, arrependa-se de cada um deles, confesse suas mazelas e as abandone; se assim fizer, aquecerá seu coração, fazendo derreter as geleiras em sua alma, dissipando a indiferença. Então, só então, sobrará espaço para o caloroso primeiro amor.

# 9

# CONSEQUÊNCIA, DURA CONSEQUÊNCIA

A desobediência do ser humano teria consequências terríveis, não somente para a humanidade, todo o planeta seria impactado com as consequências devastadoras do pecado.

Deus não desenrolou um pergaminho com uma lista de consequências e começou a ler na presença dos réus, mas, sim, existia uma lista e, sim, ela seria anunciada pelo Soberano.

Deus se vira para a serpente e ela recebe sua sentença dura, porém justa. Ela é amaldiçoada mais que toda fera. Não sabemos com certeza como era a serpente, se possuía asas, patas, poderia ser uma criatura encantadora, não consigo nem imaginar como seria esse ser. Entretanto, a única certeza é o inquestionável fato de que agora passará a rastejar sobre seu ventre e a comer do pó da terra.

"Então, o Senhor Deus disse à serpente: Visto que isso fizeste, maldita és entre todos os animais domésticos e o és entre todos os animais selváticos; rastejarás sobre o teu ventre e comerás pó todos os dias da tua vida" (Gênesis, 3:14 ARA).

Quanto ao ser por detrás da serpente, ao inimigo de nossas almas, o Senhor também profere uma sentença. Nosso adversário não passaria despercebido pelo Senhor, e com a sentença é liberada também uma promessa. Como a mulher foi ludibriada pelo inimigo, o Senhor usaria de uma mulher para trazer a terra a maior promessa de todas, e por meio dessa promessa a velha serpente teria sua cabeça esmagada.

"E porei inimizade entre ti e a mulher, e entre a tua semente e a sua semente; esta te ferirá a cabeça, e tu lhe ferirás o calcanhar" (Gênesis, 3:15 ARC).

Ainda assim chega também o instante da mulher, a mãe de todos os seres humanos, que também receberia sua sentença. Aquela que, enganada pela serpente, convence seu marido a comer o fruto proibido.

"E à mulher disse: Multiplicarei sobremodo os sofrimentos da tua gravidez; em meio de dores darás à luz filhos; o teu desejo será para o teu marido, e ele te governará" (Gênesis, 3:16 ARA).

Por fim, o Senhor se vira para o homem, seu primeiro amigo na terra, a lista chega ao fim, porém as consequências são imensas, não somente para ele e sua semente, mas para a própria terra, que também seria amaldiçoada por seu delito.

"E a Adão disse: Visto que atendeste a voz de tua mulher e comeste da árvore que eu te ordenara não comesses, maldita é a terra por tua causa; em fadigas obterás dela o sustento durante os dias de tua vida.

Ela produzirá também cardos e abrolhos, e tu comerás a erva do campo.

No suor do rosto comerás o teu pão, até que tornes à terra, pois dela foste formado; porque tu és pó e ao pó tornarás" (Gênesis 3:17-19 ARA).

O pecado de Eva recai sobre ela e se estende a toda mulher depois dela. Já o do homem recai sobre todos e toda matéria. O pecado agora seria transmitido a toda a descendência do primeiro casal.

A morte ganha poder sobre o ser humano devido ao pecado. Adão e Eva são expulsos do paraíso.

Mas a mais triste das consequências é que a comunhão é quebrada e com isso o amigo se transforma em inimigo. O filho retorna ao estado de criatura.

O estrago estava feito e não existia nada que o ser humano pudesse fazer para corrigir isso. Somente Deus poderia restaurar o que fora esmiuçado pelo pecado, e Ele o faz!

# 10

# GRAÇA, UM PRESENTE PARA A HUMANIDADE

Graça é tudo aquilo que precisamos, mas não merecemos.

Com o clima ainda tenso e a vergonha ainda impedindo o casal de levantar o queixo, Deus acabara de lhes dizer que não mais poderiam viver no jardim, isso mesmo, foram expulsos do paraíso. E isso foi um pouco depois de vermos o primeiro favor que Adão e Eva recebem, foram-lhes confeccionadas roupas feitas de peles de animal para os cobrir e os proteger. Para que a nudez física de ambos fosse coberta, um animal teve que morrer. O primeiro problema estava resolvido!

"Fez o Senhor Deus vestimenta de peles para Adão e sua mulher e os vestiu" (Gênesis, 3:21 ARA).

Mas, quanto ao homem-espírito, que também ficou exposto?! Ora, para cobri-lo um Cordeiro deveria morrer e este estava disposto a fazê-lo por toda a humanidade.

Mas antes falemos do segundo presente, que foi impedir que Adão, Eva e toda a raça humana ficassem condenados à separação eterna do Pai. Com isso, os dois são expulsos do Éden, uma punição acompanhada de favor. Ao olhar superficialmente, parece-nos mais um castigo que uma dádiva, mas não se engane, expulsá-los do Éden foi um presente do Pai.

"Então, disse o Senhor Deus: Eis que o homem se tornou como um de nós, conhecedor do bem e do mal; *assim, que não estenda a mão, e tome também da árvore da vida, e coma, e viva eternamente.*

O Senhor Deus, por isso, o lançou fora do jardim do Éden, a fim de lavrar a terra de que fora tomado.

E, expulso o homem, colocou querubins ao oriente do jardim do Éden e o refulgir de uma espada que se revolvia, para guardar o caminho da árvore da vida" (Gênesis, 3:22-24 ARA, grifo nosso).

Se o ser humano comesse do fruto da árvore da vida no estado pecaminoso em que se encontrava, viveria para sempre, entretanto estaria eternamente separado de Deus. A morte espiritual seria eterna.

Devido ao pecado do primeiro casal, todos nós estávamos separados de Deus. Como o salário do pecado é a morte, receberíamos nosso pagamento. Portanto, para evitar tal futuro de dor, Deus nos dá o maior presente que poderíamos receber, sim, foi o que Ele nos preparou. Seu filho entregaria sua vida pela nossa, morreria nossa morte por amor a nós. O que precisávamos, mas não merecíamos, foi o que Ele nos preparou.

"Porque Deus amou o mundo de tal maneira que deu o seu Filho unigênito, para que todo aquele que nele crê não pereça, mas tenha a vida eterna" (João, 3:16 ARA).

Graça! Favor! E, quando parte de Deus para nós, é imerecido. Favor imerecido!

Deus não foi pego de surpresa, Ele tinha um plano, o qual resultaria em nosso retorno aos jardins de Deus. O veneno que nos matava, lenta e dolorosamente, agora estaria sendo combatido pelo único antídoto verdadeiramente eficaz, o sangue de Jesus. Porém para isso o Cordeiro perfeito deveria morrer, porque algumas gotas de seu sangue não seriam suficientes e não seriam aceitas, o preço estava estipulado, todo o seu sangue precisaria verter. O preço era a morte. A vida de toda a raça humana ou a vida do Unigênito do Pai. Por todos os pecados cometidos, por todos os que estão sendo cometidos agora e por todos que ainda o serão, o preço era a morte, logo a afirmação seguinte também é verdadeira: por amor a todos que viveram, que estão vivendo e que ainda viverão, Jesus escolheu morrer a nossa morte.

"Porque *pela graça* sois salvos, mediante a fé; *e isto não vem de vós; é dom de Deus*" (Efésios, 2:8 ARA, grifo nosso).

Eu não tive o privilégio de nascer em um lar cristão, quando evangelizado me indignava em pensar que os chamados "crentes" me viam como desprovido do favor de Deus. Considerava-me uma pessoa decente, honesto, trabalhador e, para mim, estar em um bar bebendo com os amigos era uma distração justa e merecida para alguém que se desviava do mal, pelo menos era o que imaginava estar fazendo. E como eu era uma boa pessoa merecia o favor de Deus. Pensei assim até me encontrar em um culto para jovens, um rapaz de no máximo 20 anos pregava sobre a mensagem da cruz. Hoje, entendo que ele não tinha um conhecimento teológico profundo, porém a mensagem era simples como deve ser a mensagem do evangelho, um justo morrendo por todos os injustos, o santo por todos os pecadores. As palavras naquele dia não chegaram apenas aos meus ouvidos, traspassaram minha alma, e quando dei por mim, estava na frente do altar me entregando àquele Cristo, que morreu a minha morte.

"pois *todos pecaram* e carecem da glória de Deus" (Romanos, 3:23 ARA, grifo nosso).

Entendi que, na verdade, merecíamos a morte, mas Deus nos deu sua vida, merecíamos o inferno, e Ele nos preparou o céu, merecíamos as trevas, e Jesus nos chama para sua maravilhosa luz, merecíamos o desprezo, porém o Pai nos chama de filhos.

"Se dissermos que mantemos comunhão com ele e andarmos nas trevas, mentimos e não praticamos a verdade" (1João, 1:6 ARA).

"Se dissermos que não temos pecado nenhum, a nós mesmos nos enganamos, e a verdade não está em nós. Se confessarmos os nossos pecados, ele é fiel e justo para nos perdoar os pecados e nos purificar de toda injustiça. Se dissermos que não temos cometido pecado, fazemo-lo mentiroso, e a sua palavra não está em nós" (1João, 1:8-10 ARA).

Por mais que nós tentemos, nossa justiça em comparação com a de Deus é tão somente um trapo de imundícia. Só com Jesus poderemos alcançar a purificação aceita pelo Senhor! Pense na pessoa mais justa que conhece: sim, essa pessoa aí, pode ser até exemplo para muitos, ainda assim não é de todo irrepreensível, ela também está infectada com o veneno chamado pecado e precisa do antídoto; sem sombra de dúvidas, sem ele será mais uma vítima da morte.

Por mais sincera que uma pessoa seja, se afirmar não ter pecado, está enganando a si mesma, e o máximo que estará é, sinceramente, perdida.

"Mas todos nós somos como o imundo, e todas as nossas justiças, como trapo da imundícia; todos nós murchamos como a folha, e as nossas iniquidades, como um vento, nos arrebatam" (Isaías, 64:6 ARA).

Pode ser que você esteja indagando agora mesmo. Então, reconhecendo a situação pecaminosa em que me encontro, e entendendo que só existe um antídoto, como ter acesso a ele?

Você não irá encontrá-lo em hospitais, clínicas e farmácias, não se pode tê-lo comprado com dinheiro, apesar de alguns tentarem vendê-lo. Para ter acesso ao antídoto, somente com o Pai, e para se chegar ao Pai, só por... um caminho, "O Caminho"!

"Respondeu-lhe Jesus: Eu sou o caminho, e a verdade, e a vida; ninguém vem ao Pai senão por mim" (João, 14:6 ARA).

Encontrando o caminho, resta-lhe uma única exigência:

Confesse!

Enfatizo:

"Se confessarmos os nossos pecados, ele é fiel e justo para nos perdoar os pecados e nos purificar de toda injustiça" (1João, 1:9 ARA).

Em nome de Jesus, confesse!

# 11

# DESAPARECIDOS

A procura continua...

Um casal de amigos, em uma viagem de férias para a praia, distraiu-se por alguns instantes e o filho se perdeu. Foram somente alguns minutos, porém segundo eles foram os mais desesperadores de toda a vida. O garoto foi localizado por um policial. E se eles fossem resumir em uma palavra a sensação para descrever o reencontro seria: alívio.

Quando vejo nos muros, nos postes ou nas redes sociais cartazes de pessoas desaparecidas, fico a imaginar quão grande seria a dor e angústia daquela família; além da ausência, o sofrimento é agravado por não terem respostas. Não saber se o ente querido retornará ou não, não saber os motivos que o fizeram desaparecer, se foi levado ou se deixou levar. Desesperador só de imaginar!

"Passados não muitos dias, o filho mais moço, ajuntando tudo o que era seu, partiu para uma terra distante e lá dissipou todos os seus bens, vivendo dissolutamente" (Lucas, 15:13 ARA).

"Depois de ter consumido tudo, sobreveio àquele país uma grande fome, e ele começou a passar necessidade [...] desejava ele fartar-se das alfarrobas que os porcos comiam; mas ninguém lhe dava nada" (Lucas, 15:14-16 ARA).

Este capítulo é direcionado a você que não conheceu Deus apenas por ouvir falar, senão de uma forma profunda e pessoal. Você que tocou o coração do Pai, e de uma forma particular também foi tocado por Ele, você que tinha com Ele uma relação diferenciada, íntima e verdadeiramente profunda. Entretanto deixou a frieza e a escuridão entrarem em sua vida. Você que foi seduzido pelo pecado ou jogado a ele, e está em um emaranhado de confusão sem fim. A você que já ouviu da boca do próprio Deus: "meu filho", "meu amigo" e que hoje não sabe o que é ter um diálogo com Ele. Talvez, a vergonha o(a) impeça de elevar a voz, ou a ira e indignação por algo que viu ou ouviu lhe endureceram o coração. Não quero me ater aos motivos que o afastaram de seu Pai. E, correndo o risco de ser repetitivo, quero lhe transmitir algumas perguntas.

Onde você está?

Como você está?

E por que está fugindo das pessoas que te amam?

Sim, pessoas no plural, pois não estou falando apenas de sua fuga da presença de Deus, porém dos irmãos e amigos que deixou na casa de seu Pai. Seu Amigo nunca te esqueceu, e seus irmãos ainda clamam por sua vida. Talvez, possa estar agora mesmo argumentando que nunca te fizeram uma visita, ou te deixaram uma mensagem, nem ao menos te fizeram uma única ligação depois que saiu da casa do Pai, entretanto ficaria surpreso se soubesse como Deus levanta pessoas que lhe adotam em oração e que, às vezes, não sabem nem seu sobrenome, mas te amam com um amor que só pode vir do Pai. Se você está entre aqueles que se afastaram, gostaria de enfatizar que você faz falta, e sua família espiritual também sente por sua ausência.

Saudade! Esse aperto no peito que dói na alma, como falamos anteriormente, também pode ser sentido por Deus. E oxalá seja sentido também por ti hoje. Que esse sentimento te inquiete, e como o filho pródigo, "...caindo em si...", entenda que tem um pai amoroso e justo que aguarda ansiosamente por seu retorno.

"E, levantando-se, foi para seu pai. *Vinha ele ainda longe, quando seu pai o avistou, e, compadecido dele, correndo, o abraçou, e beijou*" (Lucas, 15:20 ARA, grifo nosso).

O texto não fala, porém podemos conjecturar quantas vezes o pai foi para a entrada de sua propriedade, olhando no horizonte, desejando avistar o filho retornando para casa.

No jardim do Getsêmani, na noite mais triste da história, observamos Pedro, João e Tiago não conseguindo ficar acordados nem orar com o mestre.

"...foi ter com os discípulos, e os achou *dormindo de tristeza*" (Lucas, 22:45 ARA, grifo nosso).

Quem sabe não conseguiam orar pela tristeza que sentiam pelo que o Mestre deveria passar. Ou, talvez, a tristeza fosse devido às palavras que apenas os três ouviram de Jesus.

"E, levando consigo a Pedro, Tiago e João, começou a sentir--se tomado de pavor e de angústia. E lhes disse: *A minha alma está profundamente triste até à morte*; ficai aqui e vigiai" (Marcos, 14:33-34 ARA, grifo nosso).

Ouvir essas palavras de um homem qualquer era uma coisa, agora ouvi-las do Deus-homem era assustador. O mestre é preso no Getsêmani; Pedro, para tentar impedir, desfere um golpe de espada contra um servo do sumo sacerdote. Malco tem sua orelha direita arrancada. Parece evidente que Pedro estava mais disposto a matar por Jesus que a morrer por Ele, pois quando o Senhor é preso ele foge. Pedro o segue de longe quando este é levado à casa do sumo sacerdote, por certo o perigo era iminente, seria prudente manter-se uma boa distância, e é o que Pedro faz.

No pátio da casa, acenderam uma fogueira e todos estavam sentados ali. O discípulo também decide se sentar para fugir do frio. Então, as palavras de Jesus começam a se cumprir. Pedro, o mais popular dos discípulos, nega o mestre! Na frente de todos, por três vezes o nega. A fogueira não pode ajudar contra o vento gélido que soprava contra sua alma. Pedro tenta afastar o frio daquela madrugada, mas não consegue afugentar o que sentia em sua alma após negar o mestre.

Não sei se você o negou, traiu, abandonou, ou quem sabe os três. Talvez, tenha feito como Pedro em volta da fogueira naquela tenebrosa madrugada de quinta-feira. Buscando calor (amor) onde não existia, subterfúgios para aquecer o que realmente sente, a gélida ausência do Amigo. Há aqueles que, depois de fugirem, buscam refrigério nos prazeres passageiros do mundo, isso só aumentará a culpa que sentem, acrescentará dor a suas dores, porque não o encontrarão.

"Então, voltando-se o Senhor, *fixou os olhos em Pedro,* e Pedro se lembrou da palavra do Senhor, como lhe dissera: Hoje, três vezes me negarás, antes de cantar o galo" (Lucas, 22:61 ARA, grifo nosso).

Não foi o canto do galo que fez Pedro cair em si, mas o olhar do mestre indo ao encontro do seu olhar; transpassando-lhe a alma, revelou-lhe o mais profundo do seu ser. O olhar de Pedro se cruza com o olhar de Deus, só então Pedro se lembra das palavras do Amigo. Os olhos são a janela da alma. Pedro agora estava despido. Suas vergonhas à mostra como espetáculo para o mundo invisível. Jesus, ao percorrer os olhos, talvez, estivesse a procurar um rosto amigo em meio aos lobos ferozes. Não creio que o olhar de Cristo aqui possuía algum tipo de acusação, mas imagino que a tristeza era evidente. As janelas que revelam a alma, agora como uma fonte jorram para fora o que Pedro sentia... Profunda tristeza, amargura e decepção consigo mesmo.

"Então, Pedro, saindo dali, chorou amargamente" (Lucas, 22:62 ARA).

Essa história se mantém tão atual como há dois mil anos, pois se repete com "Pedros" diferentes, apenas um dos personagens mudou, o outro continua sendo Jesus. Enquanto do outro lado, temos outros milhares.

Quantas vezes você negou o Amigo?

Assim como o olhar de Jesus encontrou com o de Pedro, o mestre está procurando um olhar amigo, um rosto amigo... e Ele acabou de encontrar o seu, espero que seus olhos também tenham encontrado os dele. E que a saudade seja recíproca. Será que Ele sorriu por olhar dentro de seus olhos e contemplar tua alma sedenta Dele? Ou no olhar do Amigo se encontra tristeza? Tristeza por sua ausência, tristeza por sua indiferença, por sua infidelidade. Tristeza por seu desprezo, pelos seus erros e *pecados não confessados*.

O olhar do amigo não está te acusando, não, não está, mas a tristeza se torna visível quando há por sua parte descaso, ou indiferença quanto à sua amizade.

Tenho para você uma verdade inspiradora. Deus ainda almeja sua amizade! Ele ainda quer ser seu amigo, ainda se esforça para conquistá-lo.

Quem sabe, passando pelas palavras deste livro, deparou-se com um cartaz e nele vê sua foto, logo acima em caixa-alta a palavra DESAPARECIDO! Ao se aproximar, você consegue ler as palavras: filho(a), papai sente sua falta, volta pra casa.

Seu Pai ainda está à sua procura. Ele pode até não ter espalhado cartazes por aí com sua foto, mas você há de concordar que das formas mais corriqueiras volta e meia Ele lhe faz lembrar de casa.

*"Levantar-me-ei, e irei ter com o meu pai,* e lhe direi: Pai, pequei contra o céu e diante de ti; já não sou digno de ser chamado teu filho; trata-me como um dos teus trabalhadores" (Lucas, 15:18-19 ARA, grifo nosso).

# EMANUEL

Deus conosco, Deus em nós.

No decorrer das histórias bíblicas, vemos homens e mulheres admiráveis, tementes ao Deus Todo Poderoso. Grandes exemplos de fé, perseverança e santidade. Ainda assim, não foram capazes de vencer o pecado e salvar alguém ou a si mesmos. Vemos o homem segundo o coração de Deus (rei Davi), cometendo adultério, assassinato e se vangloriando por seu grande exército. Vemos o manso Moisés desobedecendo a Deus e batendo na rocha com ira ao invés de falar com ela. Abrão e Isaque mentindo, Jacó enganando, a lista parece não ter fim, é imensa. Estende-se para fora da Bíblia, seria incalculável, visto que todos os seres humanos se encontram nela, eu, você e a pessoa mais pura que conheça e admire. Não se achou um justo sequer.

Já que na terra não tinha ninguém capaz de vencer o pecado, Deus intervém e nos dá seu único Filho, nascido de uma virgem. O Emanuel, verdadeiramente Deus conosco. Despido de sua glória, como homem comum e simples. Deus andando entre os homens, na verdade mais que isso, caminhando *com a humanidade.*

"Eis que a virgem conceberá e dará à luz um filho, e ele será chamado pelo nome de Emanuel (que quer dizer: Deus conosco)" (Mateus, 1:23 ARA).

Uma estrela no céu mostra o sinal, a hora tinha chegado, nada mais normal que buscá-lo entre os nobres; afinal, além de rei, era Rei de reis, seu nascimento provavelmente pediria uma grande celebração, toda pompa e circunstância que o momento exigia. Então, lá foram eles, os três reis magos ao palácio do rei Herodes para honrar o Rei. Mas indo contra tudo que se esperava o menino não estava lá.

Houve uma festa, sim, mas ocultada aos nobres e apresentada aos simples, o Rei seria do povo e para o povo.

"Havia, naquela mesma região, pastores que viviam nos campos e guardavam o seu rebanho durante as vigílias da noite. E um anjo do Senhor desceu aonde eles estavam, e a glória do Senhor brilhou ao redor deles; e ficaram tomados de grande temor. O anjo, porém, lhes disse: Não temais; eis aqui vos trago boa-nova de grande alegria, que o será para todo o povo" (Lucas, 2:8-10 ARA).

"E, subitamente, apareceu com o anjo uma multidão da milícia celestial, louvando a Deus e dizendo: Glória a Deus nas maiores alturas, e paz na terra entre os homens, a quem ele quer bem" (Lucas, 2:13-14 ARA).

Nasce então o menino Deus, nasce a esperança. E por 30 anos andou no meio dos homens como alguém comum. Excluindo-se o fato de que ainda pré-adolescente estava no meio dos doutores da Lei interrogando-os e ensinando-os. Como isso mexe com minha imaginação, o Deus-homem vivendo entre os homens. Jesus teve uma profissão, tinha uma casa em Cafarnaum, teve irmãos e irmãs, foi educado na lei por seus pais, José e Maria. Ele viu de perto nossas dores, temores, sentiu o fétido odor do pecado de perto, presenciou nossas mazelas e defeitos, nossas quedas constantes. Ainda assim, sua vontade era estar próximo ao ser humano. Mesmo presenciando nosso pior lado, seu desejo era conviver conosco, pois anelava e ainda anela por nos conquistar como amigos.

Penso que Deus poderia descer a terra como um gigante majestoso se assim quisesse. Ou quem sabe como se apresentou aos discípulos no monte da transfiguração, em Glória e Poder, ou ainda como visto por João na ilha de Patmos, o Deus com olhos como chamas de fogo. Poderia demonstrar aos homens seu poder e glória!

Poderia parar na porta do inferno de braços abertos e dizer:

— Ninguém mais entra aqui!

Poderia lacrar as portas do Hades para sempre. Ele é Deus, se fosse essa a sua vontade, Ele assim faria. Mas não foi o que fez, ao invés disso desceu ao ventre de uma virgem, uma moça de família humilde, mas de uma fé extraordinária. Seu desejo era de estar próximo ao ser humano. Ele só queria conquistar amigos.

Ao invés de abrir os braços na porta do Hades como uma muralha, impedindo a raça humana de seguir para lá, Jesus abre os braços em um monte, pendurado em uma cruz, simplesmente porque seu desejo não era nos obrigar a segui-lo, assim nos dá uma escolha, como que dizendo:

— Estou aqui de braços abertos, esperando a todos que desejarem estar em minha presença.

E por isso podemos nos alegrar em sua agradável companhia.

Deus anelava conquistar a nossa amizade e sua vontade era que nós o desejássemos como Ele nos deseja.

O Deus que deseja habitar em nosso meio, ser nosso Emanuel, verdadeiramente Deus conosco, Ele que nos deu o maior presente que poderíamos receber, uma morada eterna. Além da eternidade ao seu lado, fez em nós morada, visto que somos templo do seu Santo Espírito. Deus conosco também é Deus em nós.

"Acaso, não sabeis que *o vosso corpo é santuário do Espírito Santo*, que está em vós, o qual tendes da parte de Deus, e que não sois de vós mesmos?" (1Coríntios, 6:19 ARA, grifo nosso).

Não seria necessário Ele vir como o menino Jesus?! Eu sinceramente não sei o quão necessário seria, sabemos que necessário era morrer a nossa morte, para que pudéssemos viver a sua vida. Agora... viver em nosso meio é surreal! É isso: mesmo depois de sua morte, ressurreição e ascensão, Ele vive em nós pelo seu Espírito Santo. Se isso não te mostra o quanto Jesus ama sua companhia, não sei o que mostraria.

"...*E eis que estou convosco* todos os dias até à consumação do século" (Mateus, 28:20 ARA, grifo nosso).

# MEU PAI, MEU HERÓI

Estamos perto do Natal e meu filho ama ver a cidade enfeitada com luzes por toda parte. E quem não gosta, não é mesmo?! Normalmente, as crianças adoram aquele velhinho simpático de todo final de ano, porém meu filho é uma exceção; desde que tinha 3 aninhos, seu medo do bom velhinho era enorme; mas isso tem uma explicação lógica. Certa vez, em um mercadinho do bairro, ele foi surpreendido por um senhor com a barba branca como a do Noel. Aquele senhor imaginou que seria uma boa surpresa chegar por trás e tocar a cabeça do Heitor, mas acabou conquistando sua antipatia com o susto que lhe causou. Quando vamos ao shopping nessa época do ano, lá está um senhor vestido do bondoso velhinho, mas, para o Heitor, além do gorro e roupas vermelhas, nada mais lhe chama atenção. Ele não gosta de passar nem perto do setor onde está o velhinho.

O medo não só paralisa como também pode nos fazer recuar, e isso nem sempre tem uma explicação lógica. Existem pessoas que têm medo das coisas mais comuns. E, quando o medo se torna insuportável, este gera pânico e se transforma em fobias. Sentimentos como insegurança e incerteza conseguem intensificar o medo. Quando vejo meu filho com medo de alguma coisa, me abaixo, ou o pego nos braços. Digo a ele para me olhar nos olhos. E repito sempre a mesma coisa:

— Não precisa ter medo, filho, o papai está aqui.

Sua reação é se segurar em mim com toda força que tem. Quando o medo insiste, logo enfatizo:

— Quando o papai estiver aqui, não precisa ter medo de nada!

Faço assim até que ele se sinta mais seguro, para lembrá-lo de que pode confiar em mim. Para meu filho, sou o maior símbolo de força que ele conhece. E nem preciso colocar uma cueca por cima da calça ou usar uma roupa colada ou máscara no rosto.

O seu Pai hoje quer lhe fazer o mesmo! Talvez, você esteja passando por situações tão difíceis que a angústia passou a te oprimir e esteja como neblina à sua volta, te obstruindo a visão para não enxergar a esperança à sua frente. E quão assustadora é a incerteza frente ao caos.

A tristeza se tornou por tanto tempo presente, que parece uma companheira inseparável. Apesar das incertezas do amanhã, de não sabermos o futuro, confiemos no Pai, porquanto Ele não perdeu o controle, as intempéries da vida no final de tudo são para o nosso bem.

"Sabemos que *todas as coisas cooperam para o bem* daqueles que amam a Deus, daqueles que são chamados segundo o seu propósito" (Romanos, 8:28, ARA, grifo nosso).

Acreditar nessa verdade nem sempre é tão fácil, uma vez que não conseguimos ver além da neblina. Todavia, para Deus, nossos problemas são tão inofensivos como um velhinho vestido de Papai Noel em um shopping. Não estou dizendo que Ele seja indiferente aos seus problemas, pelo contrário, Ele conhece e se interessa pelos seus temores. O que quero lhe dizer, então, é que seu Pai sabe que, seja lá pelo que esteja passando neste momento, isso não pode te destruir, pois Ele está de prontidão para te defender de quaisquer temores que possam surgir à sua frente. Tememos, visto que não sabemos como terminarão as coisas. Temos medo porque não enxergamos além da neblina, o desconhecido nos apavora. Entretanto, para o Pai, nada é desconhecido!

Uma garotinha de 3 anos se aproxima da mãe, ao olhar para cima e ao vê-la bordando, fica confusa com a imagem, pois a imagem que vê por baixo da tela é um emaranhado de fios.

— O que é isso, mamãe? — pergunta a garotinha.

Sua mãe responde:

— É uma flor, minha filha, para seu vestido novo.

E a criança franzindo sua testa em discordância retorna:

— Mas que flor horrível, mamãe!

A mãe pacientemente se abaixa e então mostra a face superior do bordado para a filha, revelando uma linda flor.

De início, não achamos belo o trabalhar do Senhor, já que não temos o melhor ângulo do que está sendo feito. Porém, espere, confie, acredite, Ele sabe que o melhor está por vir!

"Porque os meus pensamentos não são os vossos pensamentos, nem os vossos caminhos os meus caminhos, diz o Senhor.

Porque assim como os céus são mais altos do que a terra, assim *são os meus caminhos mais altos do que os vossos caminhos, e os meus pensamentos mais altos do que os vossos pensamentos"* (Isaías, 55:8-9 ARA, grifo nosso).

Quando o medo bater em teu coração, o Pai quer te pegar nos braços, sussurrar aos teus ouvidos que vai ficar tudo bem e mostrar seu amor por você.

Então, por que continua com medo? Por que deixar esse sentimento paralisá-lo ou retraí-lo? Esse medo não faz parte de você, só está em você, deixe o amor do Pai extirpá-lo. Confie nele! Pois, para você, o Papai deveria ser o maior símbolo de força que já conheceu.

"No amor não existe medo; antes, *o perfeito amor lança fora o medo...*" (1 João, 4:18 ARA, grifo nosso).

Ei, vou lhe confiar um segredo… O Pai continua por perto. E está a sussurrar aos teus ouvidos:

— Não tenha medo, Papai está aqui!

"Não temas, porque *eu sou contigo*; não te assombres, porque *eu sou o teu Deus*; eu te fortaleço, e te ajudo, e te sustento com a minha destra fiel" (Isaías, 41:10 ARA, grifo nosso).

Seu Antônio, meu pai, sempre foi um homem franzino, magro, bem magro mesmo, entretanto tenho lembranças da infância em que eu estava em seu colo, e ele me mostrando seus bíceps. Pra mim, meu pai era o homem mais forte do mundo, uma vez que o enxergava com os olhos de um garotinho. Nas Sagradas Escrituras, vemos por várias vezes mencionando a destra de Deus como símbolo de sua força. Então! Há quanto tempo você não se senta no colo do Papai (Aba pai)? Para Ele, você continua sendo seu(sua) garotinho(a).

# 14

# ERRANTES PELO CAMINHO

Sedentos, dois viajantes caminham pelo deserto, com sol escaldante sobre suas cabeças, a reserva de água que possuíam chega ao fim e o desespero e a desesperança envolvem um dos viajantes. Mas, Jorge, por que não os dois? Talvez, possa estar me indagando, leitor(a), e insistindo: por que o desespero amedrontou apenas um dos viajantes?!

Precisarei lhe dar um pouco mais de detalhes.

Seus nomes eram Ismael e Agar, o deserto era o de Berseba, o que seria uma travessia se transforma em um lugar de morte iminente, simplesmente por andarem errantes. Não quero aqui de forma alguma apontar a falha de Agar, entretanto quem em sã consciência perambula ziguezagueando por um deserto?! Se fôssemos obrigados a passar por algum deserto para alcançar um local, o faríamos com a maior objetividade, se possível, em linha reta. Desertos não são para moradia ou passeios, desertos, se ficarem no caminho, precisam ser atravessados.

O que fez com que Agar perdesse o foco e caminhasse sem um alvo a ser alcançado, sem objetivo? Se voltarmos ao dia anterior, a veremos com seu filho em sua tenda, numa festa para o irmão mais novo de Ismael, num lugar seguro, afinal de contas, ela era mãe do primogênito de Abraão, o senhor daquele lugar, homem de posses. Segundo o costume, o primeiro filho, quando repartida a herança, receberia duas vezes mais que os outros irmãos. Eles tinham um teto sobre a cabeça e o futuro garantido.

Sara, mãe de Isaque, o irmão caçula de Ismael, fica irritadíssima quando vê este zombar de seu filho em sua própria festa, e tomando as dores do filho vai a seu esposo, e diz para expulsar tanto Ismael quanto sua mãe de sob sua proteção. Abraão se recusa, parecia óbvia essa recusa, pois que disparate era esse de Sara?! Posso imaginar o patriarca argumentando com Sara, que a ideia de ter um filho com a serva fora dela, por não acreditar mais que Deus poderia lhe dar um filho sendo ela avançada em idade. Podemos assistir a Abraão saindo emburrado da tenda, dizendo que não faria uma loucura dessas e que agora precisam aprender a conviver.

"Disse, porém, Deus a Abraão: Não te pareça isso mal por causa do moço e por causa da tua serva; atende a Sara em tudo o que ela te disser; porque por Isaque será chamada a tua descendência.

*Mas também do filho da serva farei uma grande nação, por ser ele teu descendente"* (Gênesis 21:12,13 ARA, grifo nosso).

Deus intervém e diz a Abraão que deveria ouvir sua esposa, Isaque era sim o filho da promessa, mas visto que Ismael é seu filho, Deus o abençoaria. E Abrão confia.

"Levantou-se, pois, Abraão de madrugada, tomou pão e um odre de água, pô-los às costas de Agar, deu-lhe o menino e a despediu. Ela saiu, *andando errante pelo deserto* de Berseba" (Gênesis, 21:14 ARA, grifo nosso).

Bem cedo de madrugada Abraão pega pão, um odre de água e se despede dos dois. O chão de Agar desapareceu, da noite para o dia ela perdeu tudo o que tinha, um golpe violento demais para suportar. Ela não tinha mais onde focar, sem alvo, sem objetivo, sem expectativas, sem direção, quando dá por si percebe que deu tantas voltas que a água acabou. Talvez, a essa altura, sua respiração tenha ficado mais ofegante, seu coração acelerado, o desespero que já era grande se torna imenso. Portanto, não consegue ver mais nada além da morte se aproximando, mas ela não suportaria presenciar seu filho tão amado morrer na sua frente, a Bíblia diz que ela encontra uma árvore e o deixa a uma distância de tiro de arco, mais ou menos cem metros de distância, para morrer ali. Então, distante dele, levanta sua voz; e chora, chora compulsivamente.

Agar escuta alguém clamar em voz alta: — Que tens, Agar? Quando olha para o alto vê um anjo de Deus, que continua: — Não tenha medo. Se fosse nós, é bem provável que o anjo fosse questionado: — Como assim o que tenho?! Meus sonhos foram despedaçados. Antes que a pergunta fosse feita, o anjo explica que Deus ouviu a voz do menino. Não sabemos qual foi a oração dele, vale salientar que o menino aqui tinha de 14 a 20 anos de idade, para Deus sempre seremos seus meninos, suas meninas. Talvez em sua oração Ismael clamasse: — Lembra, Senhor! Lembra de suas promessas! Lembra, Senhor, não sou filho de qualquer um, sou filho do seu *amigo* Abraão... Lembra, Senhor! Não sabemos qual foi a oração feita por Ismael, todavia ele tinha promessas bem específicas em sua vida e vivera até então com aquele que chamaríamos de pai na fé. O Deus de seu pai também se tornaria seu Deus. Estranhamente só o rapaz acreditou, mesmo sem ver, apenas ouvindo das promessas que Deus fizera a seu pai e a sua mãe em ocasiões distintas.

"Disse-lhe mais o Anjo do Senhor: Multiplicarei sobremodo a tua descendência, de maneira que, por numerosa, não será contada.

Disse-lhe ainda o Anjo do Senhor: Concebeste e darás à luz um filho, a quem chamarás Ismael, porque o Senhor te acudiu na tua aflição" (Gênesis, 16:10,11 ARA).

"Quanto a Ismael, eu te ouvi: abençoá-lo-ei, fá-lo-ei fecundo e o multiplicarei extraordinariamente; gerará doze príncipes, e dele farei uma grande nação" (Gênesis, 17:20 ARA).

Agar se esqueceu das promessas que Deus fez concernente a seu filho, e que o próprio Deus escolheu o nome do garoto, que curiosamente quer dizer: o Senhor ouvirá! Deus colocou o nome do garoto como um lembrete para Agar. Bastava clamar ao Senhor, e ela até clamou, chorou, berrou, mas não foi para o Senhor. Seu clamor era de luto, pois seus sonhos morreram.

Você leitor já viu essa atitude também, ou fui só eu? Quantas vezes nos esquecemos que nosso Pai está atento às nossas súplicas? O problema é que às vezes não as fazemos. Nos desesperamos quando esquecemos das promessas que por sua Palavra nos fez, assim caminhamos errantes pelos desertos da vida, cabisbaixos e sem esperança, não atentando ao perigo extremamente grande que corremos ao nos portarmos assim. Quantas vezes contamos para tanta gente nossos temores, problemas, dificuldades. Reclamamos, choramos, murmuramos, porém, para o Pai, aquele que poderia solucionar, nada falamos. Então, quando nos esquecemos das promessas, Ele as reafirma!

"Ergue-te, levanta o rapaz, segura-o pela mão, porque eu farei dele um grande povo" (Gênesis, 21:18 ARA).

Acredite como Ismael creu, que aquele que fez as promessas antes mesmo de você nascer conhece seu futuro e tem o melhor à sua espera.

Vimos na Bíblia Sagrada Deus fazer água sair da rocha, transformar água insalubre em potável, mandar chuva depois de uma grande seca, fazer água brotar no vale, entretanto aqui o milagre aparece de forma simples, porém de igual impacto.

"Abrindo-lhe Deus os olhos, viu ela um poço de água, e, indo a ele, encheu de água o odre, e deu de beber ao rapaz" (Gênesis, 21:19 ARA).

Os olhos de Agar foram abertos, estava morrendo de sede, quando na verdade tinha ao seu lado um poço. Parece familiar? A solução não está longe, deixe o Senhor abrir seus olhos e te mostrar que, quando você achar que suas forças se esgotaram, perceberá que o Senhor preparou um refrigério para sua alma bem perto de onde achava que seria o fim. Não desista dos sonhos e projetos de seu Pai para sua vida. Talvez, nesse instante, Agar se recorde que uns vinte anos atrás fez uma homenagem a Deus, batizando um poço de Beer-Laai-Roi, que traduzido é "poço daquele que vive e me vê"!

"Então, ela invocou o nome do Senhor, que lhe falava: Tu és Deus que vê; pois disse ela: Não olhei eu neste lugar para aquele que me vê?

Por isso, aquele poço se chama Beer-Laai-Roi; está entre Cades e Berede" (Gênesis 16:13,14 ARA).

Seu Amigo não se esqueceu de você, Ele está olhando para você neste exato momento, atento, aguardando você falar com ele de suas dores, desafios e lutas! Vamos lá, converse com seu Amigo.

# AO DEUS DESCONHECIDO

Pouco mais de dois meses de namoro, a data mais festiva do ano se aproximando, me vi num grande dilema, era começo de namoro e o Natal já às portas. O que dar de presente para uma pessoa que se conhece ainda tão pouco? Depois de pensar um pouco, imaginei já ter me decidido qual seria o tipo de presente, um perfume. Pensei, Jorge, você é brilhante, pois que mulher não gosta de ficar perfumada?! Inocente, não imaginava onde estava me metendo. Ao chegar à loja, percebi que o problema era muito maior do que imaginava. Como saber qual seria o tipo de perfume; cítrico, amadeirado, adocicado, frutal? Ai, ai, não consegui me decidir. Tive mais uma ideia de gênio, pensei eu, vou até uma amiga dela e pergunto qual perfume ela gosta de usar, simples assim. Tudo certo, ufa, consegui o nome do perfume, "Ana Faste", voltei todo feliz à loja e para minha surpresa a vendedora me falou que nunca ouvira falar no bendito perfume. Fiquei indignado, como era possível uma atendente não conhecer toda a gama de perfumes da loja?! Que profissional era essa?! Fui logo a um telefone público e liguei para a amiga da Ivanosca, ela me disse o mesmo nome: — É, sim, Jorge, o nome é "Ana Faste"... Futuramente ficaria sabendo que a Iva (como minha esposa é chamada pela maioria dos conhecidos) estava ao lado dela mostrando a embalagem, porém não sei se o problema era de quem estava ouvindo ou se da pronúncia do outro lado da linha; a Iva não podia falar porque a princípio sabia que eu gostaria de lhe fazer uma surpresa. Então, a moça soletrou, O-N-E O-F US, ops, agora, sim, quando voltei até a loja, demos risadas juntos a atendente e eu, consegui meu presente, e o mais importante, agradei com ele.

Como é difícil agradar alguém que conhecemos pouco ou sequer conhecemos, não é mesmo? Quantos tentam agradar a Deus sem conhecê-lo verdadeiramente, conhecendo-o apenas de ouvir falar. E quantos vivem apenas das experiências de outros, não que ouvir testemunhos não seja bom, pelo contrário, edifica e aumenta a fé, entretanto temos que buscar também as nossas próprias experiências com o Amigo, visto que Ele é um Deus pessoal.

"Eu te conhecia só de ouvir, mas agora os meus olhos te veem" (Jó, 42:5 ARA).

"Porque, passando eu e vendo os vossos santuários, achei também um altar em que estava escrito: AO DEUS DESCONHECIDO. Esse, pois, que vós honrais, não o conhecendo, é o que eu vos anuncio" (Atos, 17:23 ARC).

Muitas pessoas, ao serem questionadas quanto a Deus, dizem que o honram de alguma forma, entretanto desconhecem aquele a quem desejam honrar.

Paulo em seu discurso diz aos atenienses que passando pela cidade viu um altar, onde estava escrito: ao Deus desconhecido! E Paulo continua:

— Esse, pois, que vós honrais sem o conhecer, é o que vos anuncio.

Desejavam conhecer a Deus, mas não o conheciam, tentavam agradá-lo, porém sem sucesso, já Paulo o conhecia, andava e conversava com Ele.

Como os atenienses, existem hoje milhares de pessoas que prestam algum tipo de honra a Deus e de alguma forma tentam agradá-lo. Porém, sem conhecê-lo, fica muito difícil fazer o que é do seu agrado. Pessoas que passam toda a vida sem senti-lo, conhecendo as histórias de suas obras e maravilhas, no entanto, não conhecendo o Deus de todos esses feitos. Não sabem o que é de sua vontade, nem o que é por ele reprovado. Quando tentam lhe falar algo, falam como se estivessem fazendo uma ligação ruim para o outro lado do mundo, cheia de ruídos e interferências, a voz segue, mas o áudio não retorna. A oração se torna um monólogo, vazia e com vãs repetições.

"Pedis, e não recebeis, porque pedis mal..." (Tiago, 4:3 ARC).

Quando honro a quem conheço, o faço da forma que o agrada, porquanto sei o que pode tocar seu coração e o que pode não o tocar. Quando alguém que não conhece o Criador tenta agradá-lo, o faz como um cego tateando, tentando encontrá-lo, e passam despercebidos sem entenderem que Ele está perto de cada um de nós.

"Para que buscassem ao Senhor, se porventura, tateando, o pudessem achar; ainda que *não está longe de cada um de nós*" (Atos, 17:27 ARC, grifo nosso).

O Brasil é um país de livre expressão religiosa, um ditado popular por aqui é: "Futebol, política e religião não se discute", tamanha a diversidade nesses assuntos. Entretanto, o Deus do qual estamos falando não é uma religião, o Deus e Pai de nosso Senhor Jesus Cristo é um Deus presente e próximo para todos aqueles que decidirem por buscá-lo pelo que Ele é. Todos aqueles que quiserem ir além da religião, que desejarem um relacionamento com o Pai, o encontrarão na pessoa do Cristo.

"[...] Judas [...] viu Jesus, mas não o conhecia. Ele ouviu Jesus, mas não o compreendeu. Ele tinha uma religião, não um relacionamento" (LUCADO, 2010, p. 23).

Eu por muito tempo me enganei, acreditando que Deus gostaria apenas que eu fosse uma boa pessoa, honesto e que fosse à igreja, mesmo que de vez em quando, mesmo que depois fosse para as baladas, uma vez que não tive o privilégio de nascer em um lar cristão.

Até que então entendi que Deus não está à procura de religiosos, e sim de adoradores. Ele quer encontrar amigos, e as boas práticas serão consequência de um relacionamento com Deus. Acreditava que estava fazendo minha parte, que só isso bastava. Conheço dezenas de pessoas que pensam como eu pensava, agem como eu agia.

E você ainda pensa assim? Ou será que o Pai conquistou mais um amigo?!

Quer agradá-lo? Se sua resposta foi sim, primeiro, precisa conhecê-lo, e quanto mais, mais o agradará.

Sem eu saber, a dica de presente veio da minha própria esposa (namorada naquele tempo), Deus também nos dá dicas dentro de sua palavra de como podemos agradá-lo. Consulte o manual de fé, a Bíblia Sagrada, lá encontrará o que agrada ou não ao seu Deus.

# 16

# FAMÍLIA, PROPÓSITO ETERNO DE DEUS

Normalmente, depois do almoço gosto de fazer uma pequena caminhada, tranquilizar-me, colocar os pensamentos em ordem. Limpar minha mente de ticket médio, saving e oportunidades, tento não pensar em números ou em nada relacionado ao trabalho. Por ficar o dia todo no escritório, se não fossem essas caminhadas, quase não veria a luz do sol, logo essas caminhadas me fazem um grande bem. Oh, como fazem!

Durante a caminhada de hoje, me sentei em um banco de uma praça com sombras de árvores enormes e antigas em frente a um colégio. Enquanto observava os transeuntes indo e vindo, via os pais buscando seus filhos na escola, uma pergunta que há dias me rodeia voltou à mente. Por que Jesus viveu aproximadamente 33 anos na terra? Qual o motivo de Jesus viver tanto tempo com uma família humilde, e por que caminhar ocultamente em meio à humanidade? Vendo que seu plano sempre foi a salvação, pensando assim, não seria mais objetivo se já viesse ao mundo e fosse direto para a cruz. Apesar de já ter me feito esse questionamento antes, nunca para mim foi tão forte o significado desta resposta como agora.

Como é maravilhoso perceber que Deus gosta da companhia do ser humano! Ele poderia vir a terra ser crucificado e pronto, tarefa cumprida. Mas não foi o que fez, visto que foi da vontade dele ter uma mãe, um pai, irmãos e irmãs. E quem tem irmãos sabe que tê-los é tão difícil quanto é incrível, são as únicas pessoas do mundo com quem brigamos e fazemos as pazes sem precisar conversar sobre os motivos. Com todos os prós e contras da convivência em família, Jesus ainda optou por ter uma. Me pego a imaginar o pequeno Jesus de mãos dadas com José, aquelas pequenas mãos que logo teriam os calos de um carpinteiro e por fim as marcas dos cravos.

O que gostaria de sublinhar aqui é que Deus, na pessoa de Jesus, teve uma família e anelou por isso. Dá para imaginar Jesus esperando por um almoço especial feito por Maria? Aprendendo o ofício com seu pai e mais tarde ensinando aos seus irmãos mais novos a profissão de José, já que este não estaria mais entre eles? Dá para imaginar alguém ensinando alguma coisa para o menino Deus? Será que José não se pegou pensando que estava ensinando um simples ofício ao arquiteto do universo? Jesus teve a singeleza de ouvir seu pai com atenção, mesmo como homem-Deus não havendo nada que alguém pudesse ensiná-lo. Foi seu desejo de participar da vida de seus familiares quando esteve em carne que o moveu a isso, hoje Jesus tem essa mesma vontade, a de participar de sua vida. Ouvir seus temores, objetivos de vida, participar de suas conquistas.

Ele optou por ter uma família! Deus, na pessoa do Cristo, escolheu viver em família! Da mesma sorte, acredito que também escolheu ter uma família eterna, ou seja, os seus filhos vivendo com Ele por toda a eternidade, como família de Deus. Pois creio que *família é um propósito eterno de Deus.*

Aleluia, quão maravilhosa é essa expressão!

"Porquanto qualquer que fizer a vontade de Deus, esse é meu irmão, e minha irmã, e minha mãe" (Marcos, 3:35 ARC).

Se você me convidar para estar em sua casa, acredito que, como bom anfitrião que é, receber-me-ia bem, provavelmente em sua sala com aquele sofá para lá de confortável, provavelmente com um cafezinho fresquinho e um bolo caseiro, fica a dica (risadinhas). Entretanto, como sou apenas uma visita, não teria acesso à sua geladeira, por exemplo, muito menos poderia abrir sua despensa e xeretar por lá, se o fizesse seria no mínimo estranho. Sendo somente visita, de forma alguma poderia entrar no quarto.

Para muitos Jesus é uma visita, ilustríssima na verdade, porém somente uma visita, não tendo acesso a nenhuma intimidade de suas vidas. Essas pessoas vão aos cultos, fazem suas oraçõezinhas na igreja, mas nada de fervoroso, profundo ou íntimo. Jesus não quer ser uma visita em sua vida, Ele quer participar de sua vida, fazer parte da sua família, então, querido(a) do Pai, deixe-o entrar em sua casa e fazer morada em ti.

"Eis que estou à porta e bato; se alguém *ouvir* a minha voz e *abrir* a porta, entrarei em sua casa, e com ele cearei, e ele comigo" (Apocalipse, 3:20 ARC, grifo nosso).

Então, você já pensou em fazer parte da família de Deus?

"Na casa de meu Pai há muitas moradas; se não fosse assim, eu vo-lo teria dito, pois vou preparar-vos lugar.

E, se eu for e vos preparar lugar, virei outra vez, e *vos levarei* para mim mesmo, *para que, onde eu estiver, estejais vós também*" (João, 14:2,3 ARC, grifo nosso).

Ele anela por sua companhia nesta vida e na que está por vir, cabe a você dar ouvidos à sua voz se também almeja essa companhia.

Quem é pai ou mãe sabe que, para os pequeninos, os primeiros dias de escola podem ser assustadores. E nós, como pais corujas que somos, não gostaríamos de perder nada da vida de nossos filhos. Então, damos suporte e estamos presentes o máximo que conseguimos. Deus sabe qual a escola que a garotinha e o garotinho dele estão frequentando neste momento e que também para seus filhos pode ser assustadora. Para uns a escola da provação, para outros a escola do luto, já ainda outros das aflições e lutas. Ingressar nessas escolas da vida pode ser doloroso e assustador, porém, como aqueles pais que eu observava pegando nas mãozinhas daqueles pequeninos, Deus quer pegar em sua mão hoje e sussurrar aos teus ouvidos:

— Papai está aqui, vai ficar tudo bem.

E, diferente de nós, que nem sempre conseguimos estar presentes e participativos, o Pai sempre estará.

# ABA PAI

Jesus nos ensinou a chamar Deus de Aba Pai (Papai).

"e eu serei para vós Pai, e vós sereis para mim filhos e filhas, diz o Senhor Todo-Poderoso" (2 Coríntios, 6:18 ARC).

Quando Jesus veio em carne, tinha-se passado um período de aproximadamente quatrocentos anos desde que o último profeta foi levantado, de Malaquias até o anúncio do nascimento de João, o batista. Nesse tempo que teologicamente é chamado de período do silêncio, não tivemos profetas levantados e os livros escritos, apesar de muitos serem riquíssimos em conteúdo, são apenas informações de cunho histórico, portanto nenhum deles teve como fonte de inspiração o Autor supremo. Podemos imaginar a religiosidade que se impregnou nesse tempo, grandes seitas surgem nesse período, todas ou quase todas com a intenção de restaurar a fé, porém, em sua grande maioria, cheias de religiosos apenas frios e apáticos, não conhecendo nem reconhecendo o Senhor a quem tanto afirmavam servir. Seus ensinos na verdade mostravam um Deus inalcançável, distante demais para se compadecer do pecador, então vemos esses hipócritas impedirem o povo que almejava o Eterno de o encontrar, de se deliciar com a presença de um Pai.

"Mas ai de vós, escribas e fariseus, hipócritas! pois que fechais aos homens o Reino dos céus; e nem vós entrais nem deixais entrar aos que estão entrando" (Mateus, 23:13 ARC).

Achamos meigo quando uma criança chama seus pais de papai ou mamãe, é simples, puro e sincero carinho pelos pais, na verdade em tudo o que fazem são extremamente sinceros. Quando meditava sobre este capítulo, peguei-me lembrando de minha sogra, que, ao falar saudosamente de seu pai, sempre utiliza carinhosamente a expressão "papai", a vejo se expressar com o mesmo carinho com sua mãe, a chamando de "mamãe". Para uma criança, chamar seus pais assim é comum, mas não o é para os adultos; quando vemos um adulto com tal tipo de tratamento, a princípio nos soa estranho; entretanto isso só mostra o carinho e a proximidade extraordinários que são experimentados por poucos. Nem todos conseguem contemplar um Deus assim, nosso paizinho.

"E quem me vê a mim vê aquele que me enviou" (João, 12:45 ARC).

O Deus dos fariseus mais parecia um velhinho ranzinza, sentado em um trono ao norte do terceiro céu, inacessível e indiferente às nossas dores, temores e dificuldades. Contudo vemos Cristo em seu ministério nos ensinando que Deus é pai e este nos fez por adoção seus filhos. Quando Jesus se apresenta como filho do Altíssimo e que fora enviado por Ele, a inveja e a ira brotam nos corações dos escribas e fariseus, já que estes não conseguiam conceber um Deus que fosse pai. A inveja os corroeu de tal forma que, apesar de saberem que Jesus estava certo em suas afirmações, não o reconheceram como Senhor, e por consequência não puderam receber o Pai.

Queriam chegar ao Pai! Porém, rejeitaram o único Caminho que poderia levá-los a Ele. A única forma de se chegar ao Pai é pelo Filho.

Quando Filipe, o discípulo, pede para contemplar o Pai, posso imaginar Jesus arqueando as sobrancelhas antes de enfatizar: "Quem me vê a mim vê o Pai".

"Disse-lhe Jesus: Filipe, há tanto tempo estou convosco, e não me tens conhecido? Quem me vê a mim vê o Pai; como dizes tu: Mostra-nos o Pai?" (João, 14:9 ARA).

E Jesus aproveita mais uma vez e usa a situação para ensinar aos seus discípulos, e fica ainda mais claro que Jesus tinha um Aba.

Há uma polêmica quanto ao significado da palavra "Aba" seguida da palavra "pai". Temos aqueles que acreditam que Marcos simplesmente traduziu do aramaico para o grego "Aba" seguido de "pai". Vendo que boa parte dos que seriam os destinatários do livro de Marcos não teriam conhecimento do aramaico, e sim do grego, não faria sentido Jesus repetir em dois dialetos a palavra pai, ficando "pai, pai". Mas o que sabemos é que para Deus não existem coincidências, no máximo, Jesuscidência (me perdoem os versados na língua portuguesa pelo trocadilho). Portanto humildemente penso que, se Marcos apenas desejou traduzir, Jesus sabendo disso nos deixaria a junção dessas palavras que posteriormente seriam largamente usadas pela igreja primitiva e ainda hoje por nós, igreja da era pós-moderna, então clamamos Aba pai. Aqueles que experimentaram desse Pai amoroso, clamemos sim Papai, nosso paizinho, meu papaizinho, sem constrangimento algum, visto que somos seus filhinhos.

"E disse: Aba, Pai, todas as coisas te são possíveis..." (Marcos, 14:36 ARC).

Quando uma família está prestes a receber uma criança, várias expectativas surgem antes mesmo de seu nascimento. Sobre os primeiros passos, com quem irá parecer, terá os olhos do papai ou os da mamãe? O que vai gostar de comer? E a cada pequena conquista comemora-se como se fosse uma final de campeonato. Quem diria que fazer cocô seria motivo de comemorar? (só quem já é pai entende). Um momento de grande expectativa é qual será a primeira palavra do bebê. Não faço apostas, entretanto se as fizesse apostaria que o Heitor, meu filho, falaria papai primeiro que mamãe. Nisso eu estava certo, ele disse papai antes de dizer mamãe. Mas papai não foi a primeira palavra que ele falou. Nessa perdi para minha sogra, dona Ivone, pois a primeira palavra do Heitor foi vovó.

Amados, é indescritível a sensação de ouvir seu filho dizer papai, ser chamado de pai pela primeira vez é surreal.

Vamos lá! Você também pode clamar por Aba!

Papai espera ouvi-lo chamar por Ele, como um pai anseia por ouvir pela primeira vez dos lábios de seus filhos "papai". Para todos aqueles que ainda não experimentaram desse papai, venha ser abraçado por Ele, pois seu Deus quer te receber por adoção como filho.

"Porque não recebestes o espírito de escravidão, para outra vez estardes em temor, mas recebestes o Espírito de adoção de filhos, pelo qual clamamos: Aba, Pai" (Romanos, 8:15 ARC).

# 18

# EM BOA COMPANHIA

No carro, com as janelas entreabertas, em silêncio, estávamos somente meu filho e eu, no rádio uma canção tocava bem baixinho, aguardávamos sua mãe (que entrou em uma loja, não me recordo para quê). De repente, o Heitor me faz uma pergunta.

— Papai, vamos conversar?

— O que você quer falar, meu filho? — retornei eu ainda olhando para o nada.

Não sei se por não suportar o silêncio entre nós, ou por querer aproveitar o instante, ele começa um diálogo.

A sua pergunta em si não me marcou, o que realmente marcou naquele dia foi sua resposta à minha pergunta.

— Qualquer coisa, papai, só quero conversar com você.

Uau!

É de perder o fôlego, não é?!

Meu filho me enche de orgulho! Percebi que o Heitor tem prazer em ficar conversando comigo, seja lá qual for o assunto. O que ele quer realmente são momentos com o pai dele. Somente ele e eu, conversando, perceber isso realmente me deixa maravilhado. E só sabe o que realmente significa todo esse orgulho quem já é pai ou mãe.

"E, despedida a multidão, subiu ao monte *para orar, à parte*. E, chegada já a tarde, *estava ali só*" (Mateus, 14:23 ARC, grifo nosso).

Quando eu era recém-convertido, tive muitas dúvidas quanto ao cristão ter a necessidade de orar, orar sempre, mais e mais. Na religião em que fui instruído, as orações não pareciam diálogos, eram repetições, logo ao me converter não compreendia o porquê de tanta oração diferente da forma que aprendi, como penitências, então questionava por que deveríamos orar, vendo que o Deus ao qual servimos é onisciente, sabedor de todas as coisas e sendo Ele um pai amoroso que sempre quer nosso bem, parecia desnecessário, portanto, falar-lhe das coisas que precisava. Ao ler sobre Jesus nas escrituras, minhas dúvidas aumentaram ao vê-lo tendo uma vida de orações e súplicas. Sabemos que Jesus é Deus! Por que o Deus filho precisaria orar? Ainda assim, o vemos se ausentar das multidões para fazer suas orações e clamores. Observando atentamente a Palavra, o Espírito então me faz entender que o Jesus homem nos ensina pelo exemplo a importância da oração e que esta deve ir além das petições para alcançarmos nossos desejos e sonhos, mas também para que possamos ter momentos de comunhão com o Pai. E existe melhor maneira de conhecer mais profundamente alguém e estreitar laços que passar um tempo conversando com essa pessoa?

"E, indo um pouco adiante, prostrou-se sobre o seu rosto, orando..." (Mateus, 26:39 ARC).

Jesus mantinha com o Pai diálogos constantes, deliciando-se de sua companhia, nos ensinando, assim, que devemos nos empenhar por ter essas conversas com Deus, estreitando nossos laços com Ele. Imagino o Pai e Cristo dando gargalhadas juntos. Difícil de imaginar? Não crê que Deus tenha senso de humor? Não me julgue, por favor, com a mente fértil de um pregador, imagino ainda mais, vejo Deus dando aquele sorrisão mais lindo quando percebe que você, caro(a) leitor(a), busca por períodos de tempo assim, em que estarão somente você e Ele, quando você até abre mão de instantes de diversão sem Ele, para poder estar junto d'Ele. Dá para visualizar o Eterno sorrindo quando te vê se levantar pela madrugada, só pelo prazer da Presença inconfundível e incomparável de seu Pai.

Rompa o silêncio da indiferença e apatia, seu pai está bem aqui ao seu lado, esperando que puxe assunto com ele, fale o que quiser, Deus deseja que você anseie por esses momentos de puro bate-papo com seu Pai. Sejam conversas profundas e verdadeiras ou descontraídas e simplórias, o que Ele quer é desfrutar de sua companhia.

"Mas tu, quando orares, entra no teu aposento e, fechando a tua porta, ora a teu Pai, que vê o que está oculto; e teu Pai, que vê o que o está oculto, te recompensará" (Mateus, 6:6 ARC).

Sejamos como uma criança, que simplesmente deseja se deliciar na companhia do pai, almejemos e busquemos por esses instantes de comunhão com o Senhor (que um dia serão na eternidade), compartilhando com Ele os nossos pensamentos e sentimentos mais profundos e sinceros. Não o busque apenas quando precisar lhe pedir algo, busque-o pelo prazer de estar em sua boa companhia.

Como meu garotinho me mostrou naquela tarde seu desejo de dialogar comigo, demonstre hoje ao seu Pai o anseio que tem por ouvir a sua voz.

Já observou um casal de namorados quando ainda têm pouco tempo juntos? Como têm assuntos sem fim?! Sou de um tempo em que não existiam videochamadas, as ligações eram feitas de telefones residenciais, linhas fixas. E todo casal de namorados relutava em desligar o telefone, despediam-se várias vezes e sempre tinham algo mais para falarem um ao outro. E era aquele: desliga você pra cá, desliga você pra lá. Quase sendo necessário os pais intervirem todas as vezes para encerrar as ligações. Não dialogar era quase impossível. Sentiam a dor da ausência e da separação momentânea e contavam os minutos para se falarem novamente. Podemos até achar exagero quando vemos essas demonstrações de carinho, porém, lembre-se que Cristo também tem uma noiva que ama e que anela por estar com esta, e enquanto não o possamos fazer presencialmente o façamos pelo canal de voz que não sai de moda, e nunca se torna obsoleto, a oração. Portanto, Igreja ou, melhor, noiva do Cordeiro, vamos desfrutar desse recurso chamado oração para alcançarmos momentos ímpares e inefáveis de comunhão?

Deus, o Pai, gostaria que para nós sua companhia se tornasse indispensável.

# 19

# EXISTE AMIGO MAIS CHEGADO QUE IRMÃO

*O homem que tem muitos amigos sai perdendo; mas há amigo mais chegado do que um irmão.*
(Provérbios, 18:24 ARA, grifo nosso)

Na tradução Bíblica NTLH, o verso expressa que um *verdadeiro* amigo é mais chegado que um irmão. Infelizmente, nem todos que dizem ser nossos amigos o são. Contudo os que o são verdadeiramente, conseguem alcançar a afinidade e ir além da força de sangue entre irmãos.

Se pelo sangue de Cristo recebemos o poder de sermos feitos filhos de Deus, e sendo Jesus o primogênito do Pai, podemos assim ser considerados irmãos de Jesus, o Filho. Muitos dizem conhecê-lo, outros tantos de o servir, porém alguns alcançam um nível superior no relacionamento com Cristo.

Deus proferiu duras palavras contra Judá, por causa da rebeldia que se instalara no meio do povo e em todos os níveis da sociedade, pobres e ricos, na realeza e no sacerdócio. No meio dos levitas e dos profetas. Apenas alguns poucos ainda serviam ao Deus vivo.

"Disse-me, porém, o SENHOR: *Ainda que Moisés e Samuel se pusessem diante de mim, meu coração não se inclinaria a este povo*; lança-os de diante da minha face, e saiam" (Jeremias, 15:1 ARA, grifo nosso).

Sem sombra de dúvidas, o contexto desse verso é um dos acontecimentos mais tristes relatados na Bíblia, a apostasia do povo, seguida de seu desterro para a Babilônia. Porém, no meio desse triste e sombrio ocorrido, o Senhor nos deixa grande revelação com sua declaração. Ele está nos mostrando que Moisés e Samuel alcançaram uma intimidade tão profunda com o Amigo, que outros, apesar de se sentirem amigos, não puderam alcançar.

Para que possamos compreender um pouco melhor isso, precisamos navegar na Bíblia Sagrada, nos tempos de Moisés e nos tempos de Samuel. Assim, presenciar esses dois personagens realizando intercessões incomuns. Vemos primeiramente Moisés, como sabemos, um pastor e intercessor do povo. O encontramos com o árduo trabalho de pastorear um rebanho que parecia não querer pastor.

Reclamações, lamúrias, murmurações constantes. Em meio ao deserto, visualizamos o que parece ser o ápice de seus erros, quando o povo volta à idolatria, logo nesse ponto, vemos o manso Moisés irando-se de tal forma contra o povo que quebra as tábuas da lei. Dá para imaginar como o povo deve ter se assustado com a reação de Moisés, mas aquele até então nem imaginava que, se não fosse a intercessão desse ancião, estariam todos mortos por causa de sua idolatria.

"Disse mais o Senhor a Moisés: [...] Agora, pois, deixa-me, para que se acenda contra eles o meu furor, e eu os consuma; e de ti farei uma grande nação [...] *Moisés suplicou ao Senhor*, seu Deus [...] Então, *se arrependeu o Senhor* do mal que dissera havia de fazer ao povo" (Êxodo, 32:9-14 ARA).

É maravilhoso ver os relatos da Bíblia sobre o relacionamento entre Moisés e Deus, como aquele era próximo do Senhor e vice-versa.

No verso a seguir, vemos uma descrição de como o relacionamento entre Deus e seu servo Moisés é extraordinário. Conversavam como qualquer pessoa conversa com seu amigo.

"Falava o Senhor a Moisés face a face, como qualquer fala a seu amigo; então, voltava Moisés para o arraial, porém o moço

Josué, seu servidor, filho de Num, não se apartava da tenda" (Êxodo, 33:11 ARA).

O que fez Moisés encontrar um lugar especial no coração do Senhor? A resposta está em sua vida de constantes diálogos com Deus; ele encontra em suas conversas com o Senhor o caminho para o coração de Deus, conquistando assim um amigo e por consequência entende que a presença desse amigo era mais importante que todo o resto.

"Então, lhe disse Moisés: Se a tua *presença* não vai *comigo*, não nos faças subir deste lugar" (Êxodo, 33:15 ARA, grifo nosso).

Quando olhamos para o outro nome citado por Deus a Jeremias, Samuel, o encontramos na Bíblia Sagrada também intercedendo, mas nesse caso por Saul, vemos o último da era dos juízes, que além de ser profeta era também sacerdote, clamando tanto, que chega ao ponto de Deus lhe dizer para não mais fazê-lo. Samuel deixa sua autoridade de juiz e de profeta e se porta como sacerdote, clamando por Saul. Deixando de lado o fato de Deus ter rejeitado o rei Saul, o que acho lindo é ver Deus revelar a Samuel seus planos. O que mais me chama atenção em Samuel é que aqui este já é um ancião, porém é relatado que, em um período anterior, quando raramente se ouvia a voz de Deus, o Senhor encontra nos ouvidos desse, quando ainda um garotinho, a sensibilidade necessária de um amigo em potencial, e vem a ele, um jovenzinho, relatar seus planos para a nação, vendo aquele contar seus segredos a esse.

"O jovem Samuel servia ao Senhor, perante Eli. Naqueles dias, a palavra do Senhor era mui rara; as visões não eram frequentes" (1Samuel, 3:1 ARA).

Em meio ao povo escolhido, na tribo separada, em meio ao sacerdócio e dentro do tabernáculo, "A VOZ" era uma raridade. Pergunto-me por quê? Atrevo-me a responder. Havia poucos ouvidos dispostos a ouvir.

Hoje muitos ignoram a voz de Deus, desprezam sua vontade, outros ainda negam sua existência. Porém a VOZ clama, para aqueles que anseiam por fazer a vontade de Deus, mesmo sem nem saberem ou imaginarem todas as experiências extraordinárias que virão com o servir, a VOZ clama.

Jesus conquistou e recebeu a muitos, transformando todos aqueles que o receberam como filhos do Deus Pai, mas vemos Cristo insistir em nos chamar de amigos.

"Então, veio o Senhor, e ali esteve, e chamou como das outras vezes: *Samuel, Samuel! Este respondeu: Fala, porque o teu servo ouve*" (1Samuel, 3:10 ARA, grifo nosso).

# 20

## GADARA

Em Gadara, Cristo não pregou às multidões, não curou coxos, os cegos não tiveram seus olhos abertos, nem tampouco alimentou centenas de famintos, Jesus nem ao menos passou da praia. Um sermão parecido com o Sermão do Monte não ecoou em Gadara. No entanto, vemos Jesus atravessar o mar de Genesaré em busca de um único homem, sim, por uma alma Jesus atravessa o mar, em busca de mais um novo amigo. Deus-homem foi àquela cidade por causa de uma alma perdida e aprisionada, mas sedenta por liberdade! Você consegue imaginar aonde Jesus já foi e o que já fez pela sua alma? E o que ainda faz? Por muitas vezes e de diversas formas singulares, Cristo já se manifestou a você, e espero que agora, pelas palavras deste humilde servo, você possa senti-lo mais uma vez se aproximando de ti. E é óbvio que eu não perderia a oportunidade. Então, pergunto-lhe: Ele é bem-vindo?

"E toda a multidão da terra dos gadarenos ao redor *lhe rogou que se retirasse deles*; porque estavam possuídos de grande temor. E entrando ele no barco, *voltou*" (Lucas, 8:37 ARC, grifo nosso).

Deus, sabedor de tudo, detentor do atributo Onisciência, vai antecipadamente à cidade de Gadara, sonda todos os corações daquela cidadela e encontra uma alma, apenas uma pessoa, que para muitos estaria longe de se parecer um ser humano, mais se assemelhava a um animal irracional, porém, para Deus, um novo amigo a ser conquistado. Onde todos desprezam Jesus, este encontra um amigo em potencial, em meio a um emaranhado de dor, nu, aprisionado por demônios e oprimido. Talvez, o mais indigno daquele lugar, e por esse motivo a graça transborda de forma tão extraordinária na vida desse anônimo, mesmo sendo taxado como o "endemoniado gadareno".

"Veio, porém, a lei para que a ofensa abundasse; mas, *onde o pecado abundou, superabundou a graça*" (Romanos, 5:20 ARC, grifo nosso).

"Esta é uma palavra fiel, e digna de toda a aceitação, que Cristo Jesus veio ao mundo, para salvar os pecadores, *dos quais eu sou o principal*" (1 Timóteo, 1:15 ARC, grifo nosso).

Paulo, escrevendo a seu filho na fé Timóteo, mostra o que Cristo veio fazer no mundo, sua maior missão, Salvar! E salvar os pecadores, nessas palavras, sinaliza ser ele o principal dentre eles. Reconhecendo com isso sua dependência de Cristo e sua incapacidade de se salvar. Como eu amo a forma como o verso é escrito, ficando na primeira pessoa, pois, quando o leio, tenho a oportunidade de me colocar no lugar de Paulo, sendo eu o principal dos pecadores, o que mais precisa da graça de Deus, de seu favor imerecido.

O gadareno mesmo quebrando grilhões e cadeias físicas era incapaz de se libertar da prisão espiritual, ele precisava de Jesus. E, como ele, sem Deus nós não podemos nos libertar, entretanto a graça Dele nos alcançou. Ele atravessou dos céus a terra, para morrer em nosso lugar, em seu lugar. E está aqui, sim, e ao seu lado. Esperando seu convite para entrar. A grande massa de Gadara pediu que Jesus se retirasse deles, porém um homem, desprezado, com a vida tão complexa e à beira da destruição, que aos olhos de todos era insolúvel, rendeu-se aos pés do Mestre, logo foi libertado e transformado por Ele. Deixe-me aproveitar o ensejo e lhe fazer mais essa pergunta. Você vai com a massa que desprezou Jesus ou se renderá aos pés Dele?

Jesus não invade, não entra sem ser convidado. O Senhor bate à porta, insiste, chama pelo nome, fala aos ouvidos, bate e bate, entretanto, se não for ouvido, não entra. Vemos, na carta escrita à igreja de Laodiceia em Apocalipse, Cristo do lado de fora dessa igreja, insistindo por entrar, porém sendo por esta ignorado. Parece-nos um absurdo, Jesus deixado de lado onde deveria ser sua própria casa, porém isso é tão real e atual como o era nos tempos do velho apóstolo. Assim, como quando Jesus ditou a carta para que João a escrevesse, ainda hoje, bate aos corações, buscando por liberdade. Devo frisar que igreja aqui não é o templo, edificação de paredes e portas, mas sim pessoas como habitação do Deus vivo, moradas do Altíssimo. Assustador mesmo é quando Ele não bate mais, retira-se, como aconteceu em Gadara.

"entrando ele no barco, *voltou*"

"Eis que estou à porta, e bato; se alguém ouvir a minha voz, e abrir a porta, entrarei em sua casa, e com ele cearei, e ele comigo" (Apocalipse, 3:20 ARC).

Dizem que "Deus não busca por quantidade, e sim por qualidade", eu discordo em parte dessa afirmação, acredito que Deus quer quantidade com qualidade. Ele veio para todos, e todos os que o receberam não os rejeitou.

"Todo o que o Pai me dá virá a mim; e o que vem a mim de maneira nenhuma o lançarei fora" (João, 6:37 ARC).

Vemos hoje grande número de pessoas buscando por Jesus, sedentos por suas palavras, famintos por sua presença. Temos dois tipos de multidões, a faminta por Cristo e a que o despreza. Não era diferente nos tempos bíblicos: quando Ele retorna de Gadara, na outra margem, uma multidão o aguardava ansiosamente. Jesus ainda sonda os corações, ainda busca por quem deseja e ama sua companhia. De qual multidão você faz parte? Da que ama e venera a Deus, ou da que, apesar de achar espantosamente maravilhoso o que Deus faz, não o quer por perto?

"E aconteceu que, *quando voltou Jesus, a multidão o recebeu, porque todos o estavam esperando*" (Lucas, 8:40 ARC, grifo nosso).

"[...] todos o estavam esperando"

# 21

# GÓLGOTA, UM LUGAR INUSITADO PARA SE FAZER AMIGOS

*E disse a Jesus: Senhor, lembra-te de mim, quando entrares no teu Reino.*
*(Lucas, 23.42 ARC)*

Se no Paraíso existisse um programa de entrevistas em que os recém-chegados fossem os convidados, estes contariam de como anda a propagação do evangelho na Terra ou como foi sua conversão, talvez, como foram suas últimas horas. Uma expectativa surgiria a cada novo membro que adentrasse os portais da eternidade.

Como é o caminho até lá, ou quem os guia, seriam perguntas que interessariam a nós, pobres mortais, que anelam pela eternidade. Uma coisa que com certeza chamaria atenção de todos seria alguém chegar, não sozinho, e sim acompanhado do próprio Cristo. Passar pelas portas do Paraíso ao lado de Jesus. O chamaremos de ex-ladrão.

O entrevistador começa.

— Então, senhor ex-ladrão, conte-nos quantos anos serviu no ministério na Terra.

— No tempo dos homens ou no tempo de Deus? — pergunta ele.

Antes que o entrevistador possa responder, o ex-ladrão continua.

— No tempo kairós, mil anos, no dos homens, menos de um dia.

O entrevistador toma a palavra.

— Uau, deve ter sido um dia extraordinário. Conte-nos os detalhes desse dia tão glorioso.

Olhando para o nada, como que para uma tela, o ex-ladrão começa a descrevê-lo:

— Era a manhã de minha crucificação, ao olhar ao redor, a penumbra não me permitia enxergar detalhes naquelas gélidas paredes. Anelei tanto sair dali, porém agora preferiria permanecer a enfrentar o que me aguardava, não gostaria de sair para esse fim, não assim, porque não foi dessa forma que imaginei que tudo terminaria. Fiquei a me perguntar como pude ter acabado assim, ainda não estou pronto para partir! Um homem com vestes romanas entra na cela e joga em minha direção o que seria minha última refeição. Em meio à refeição, volto aos meus questionamentos. Mas não consigo achar as respostas a eles. Se tivesse outra chance, faria tudo diferente (suspiro). Oh, Deus, eu seria uma boa pessoa... essas palavras fluem da minha boca quando tento iniciar uma oração, porém, como há tanto tempo não falo com Deus, não consigo completar a frase. E fico lamentando como tudo poderia ter sido diferente. Meus pensamentos são interrompidos quando uma escolta entra, e um soldado diz que chegou a hora.

— Me levaram para uma montanha fora da cidade, eles a chamam de Gólgota, todos na cidade sabiam o seu significado: "lugar da caveira". Os mais valentes tremem só de estar ali. Me colocam sobre a madeira que forjaram com minhas medidas, quando sinto um dos soldados colocar a ponta do cravo na minha mão, meu coração dispara, a dor da martelada é quase insuportável. E a sinto outra e outra vez, até ser pregado em uma cruz. Eu não queria terminar assim. Minha vida está chegando ao seu final e que terrível esse fim. Sou erguido na cruz e, quando meu corpo fica pendurado pelos cravos, sinto meus pulmões serem pressionados, mal consigo respirar.

— Um segundo homem é colocado ao meu lado, eu o conheço bem, ele também era um salteador há muito procurado pelas autoridades, nos olhamos por um instante, mas nada falamos um ao outro. Levanto a cabeça e vejo um aglomerado de pessoas aumentando por causa de um outro sentenciado à morte, conheço a maioria dos malfeitores da cidade, porém, ao olhar, fitar neste os meus olhos, não consigo reconhecê-lo, pois está desfigurado. O costume romano não é castigar os que serão crucificados a tal ponto. O que será que esse homem fez para atrair para si tanto ódio dos romanos? Penso eu. Vejo que muitos príncipes dos judeus também estão no meio da multidão, tanto estes quanto a multidão destilam palavras de afronta contra o homem. Volto a me perguntar: o que esse homem deve ter feito para merecer tamanha aversão? Ao colocarem o homem no madeiro fincando o primeiro cravo, eu espero ouvir um brado estridente, nada ouço além do alvoroço da multidão, Ele não grita! Vejo-o ranger os dentes com tamanha dor, porém não grita, não se debate, simplesmente se entrega. Quando vão pregar o segundo cravo, vê-se que sua mão não alcança o furo feito na madeira para facilitar a entrada do prego. Como em um estalo, percebi! A cruz não era para ele! Um grupo de soldados puxa de um lado enquanto outro segura do outro lado, vejo que desconjuntaram seu ombro para alcançar o ponto marcado, mesmo assim, mal ouvi seus gemidos.

— Pregam sobre sua cabeça uma inscrição em três idiomas: "Jesus de Nazaré, Reis dos Judeus". Então, me pergunto se será esse o homem do qual tanto ouvi falar? O que transformou água em vinho em uma festa de casamento. Seria este o mesmo que purificou leprosos, curou cegos e ressuscitou mortos? Enquanto eu olhava perplexo para aquele ser flagelado, a língua da multidão continuava a destilar seu veneno contra Ele, que porém continuava quieto, sem se defender de quaisquer acusações, pelo contrário, pedia a Deus para lhes perdoar. Aquele homem me deixava perplexo!

— Os soldados rasgam suas vestes, as repartem entre si, e lançam sorte sobre sua túnica para saberem com quem ficaria. Cada um ficou com seu troféu como se fosse um suvenir de uma viagem a passeio. De repente, o céu ficou de luto, trevas em pleno meio-dia, com isso alguns da multidão se calam. Alguém embebeda uma esponja com vinagre, porém Ele se recusa a beber, entendi que o homem não queria ter a mente entorpecida por aquela mistura. Que coragem! De repente, percebo que aquele homem não merecia estar ali. Eu, sim, merecia a morte e o desprezo, mas aquele meigo homem não. Volto a levantar um pouco mais a cabeça, fito meus olhos na inscrição sobre sua cabeça e logo me recordo de ensinamentos e das profecias que ouvi acerca de um Rei, antes de me lançar em uma vida de perdição. Só poderia ser ele, o Rei, entretanto a multidão não pensava o mesmo que eu, continuavam lhe afrontando. Aquele que estava sendo crucificado comigo pelos mesmos crimes que cometi também começa a zombar de Jesus, então percebi o quanto todos estavam enganados, Este Homem, que naquele momento a multidão rejeitava, era o tão aguardado Rei, que por tanto tempo anelava, Este era aquele de quem as profecias falavam. Sim, o Rei tão desejado pelos judeus, porém estes não o reconheceram.

— O que me atraiu ao Nazareno não foram somente as suas poucas e breves palavras naquela cruz. Me apaixonei pelo que Ele demonstrou ser em seus momentos de dor. Me senti atraído por esse sentimento. Pude sentir então, pela primeira vez em minha vida, o verdadeiro amor. E esse amor me conquistou.

— Me voltando, portanto, para o outro salteador, admirado por ele não temer a Deus, nem no final de sua vida, o admoesto a se lembrar que nós merecíamos estar naquela situação, merecíamos a morte. Mas aquele homem o que fez? Me virando para Jesus e lendo a inscrição, rei dos Judeus, percebo ter nesse instante a oportunidade de uma audiência com a Majestade, logo lhe peço para se lembrar de mim em seu reino.

— Sua resposta retirou de imediato um enorme fardo que carregava por anos, todo sentimento de culpa foi dissipado, minha vida começava naquele instante, como se eu nunca tivesse tido um passado maculado. A dor que sentia fora sobrepujada pela paz ao ser aceito pelo Rei. Meus pecados foram perdoados por Ele.

"...Em verdade te digo que hoje estarás comigo no Paraíso" (Lucas, 23:43 ARC).

— Ouço Ele falar pela última vez naquela cruz:

"...*Está consumado.* E, inclinando a cabeça, entregou o espírito" (João, 19:30 ARC, grifo nosso).

— A terra nos assusta novamente, agora com um forte terremoto que fendeu rochas. A natureza parece querer falar algo. E até mesmo a guarda romana e a multidão perceberam o que ocorrera.

"E o centurião e os que com ele guardavam a Jesus [...] disseram: Verdadeiramente este era o Filho de Deus" (Mateus, 27:54 ARC).

"[...] a multidão [...] vendo o que havia acontecido, voltava batendo nos peitos" (Lucas, 23:48 ARC).

— Mesmo depois de o ver expirar, aquela frase martelava em minha mente: "Está Consumado!". Foi tudo um plano de Deus, Jesus não foi assassinado, na verdade Ele se entregou como sacrifício por amor a todos nós. Não merecíamos esse presente, não somos dignos de sua graça. Estávamos perdidos em nossos pecados, culpados de morte, porém Jesus morreu em nosso lugar.

Posso ter me empolgado um pouco com a questão do programa de entrevistas no céu, ok, mas espero que você tenha percebido que, mesmo em seu momento de maior dor e sofrimento, Jesus teve tempo de fazer um amigo!

Não sei se a frase "Está Consumado!" verdadeiramente impressionou o ladrão da cruz (ou ex-ladrão, agora recém-convertido), entretanto me impressiona terrivelmente. Fico maravilhado ao descobrir que Deus estava no controle o tempo todo e em cada situação nos mostra seu amor, a cada gesto, a cada palavra saída de seus lábios ou proferidas sobre ele, mostra-nos que estavam de antemão determinadas. Ele levou nossa culpa, nossos erros, nossos pecados. Como nos diz o profeta:

"Verdadeiramente ele tomou sobre si as nossas enfermidades, e as nossas dores levou sobre si; [...]

Mas ele foi ferido por causa das nossas transgressões, e moído por causa das nossas iniquidades; o castigo que nos traz a paz estava sobre ele [...]" (Isaías, 53:4,5 ARC).

Você pode não estar em uma cruz nem ter cometido um crime de morte perante a sociedade, porém gostaria que refletisse nisto: que Cristo não morreu apenas para conquistar aquele ladrão da cruz. Morreu para nos livrar da morte causada pelo pecado. Todos nós estávamos sentenciados à morte, a nossa morte foi substituída por sua morte, portanto, aqueles que aceitam e recebem esse presente podem trocar suas vidas pela vida de Jesus.

Aquele ladrão teve a oportunidade de nos últimos instantes de sua vida encontrar com Cristo. Para aquele que não tinha mais esperança, Ele foi a Esperança, para o casamento que está em ruínas, Ele é o amor, para o enfermo, Ele é o Alívio e a Cura, para o atribulado, Ele é a Paz, para você que dedica um espaço do seu tempo lendo estas palavras, Ele pode ser tudo isso e muito mais. Jesus fez amigos nos lugares mais inusitados, não poderia perder a oportunidade de conquistar um novo, mesmo que fosse no monte da caveira ou nas páginas deste livro, desejo que neste momento, enquanto você medita nestas palavras, também encontre Nele um amigo.

Se fosse perguntar ao ladrão recém-convertido sobre o que ele poderia dizer do Gólgota, acredito que sua resposta seria: — Gólgota, para muitos um lugar de dor e sofrimento, todavia, lá eu encontrei a Paz.

## 22

# NO CAMINHO DE EMAÚS

Dois homens caminham com olhares carregados de tristeza e semblantes pesados, quando um terceiro homem se aproxima deles e, ao escutar aquilo que falavam, questiona que assunto seria aquele. O assunto é discorrido, mas penso eu que o mais comum seria se apresentarem. Porém o texto nos leva a acreditar que as formalidades foram deixadas de lado, já que o assunto era em extremo perturbador.

Cleopas e outro discípulo, cujo nome não é mencionado, estavam no caminho de volta de Jerusalém para a aldeia de nome Emaús.

Seria razoável conjecturar que, se houvesse uma apresentação, teriam se embaraçado com suas dúvidas, pois o que eram estava intrinsecamente ligado ao que acreditavam. Imagino um pedaço desse diálogo:

— Eu sou Cleopas, sou ou era, não sei bem, um... discípulo de Jesus, ainda estou confuso com tudo que ocorreu neste final de semana. A única coisa que tenho certeza é da dor que sinto no peito, esse aperto que me impede de ver a menor esperança para meus sonhos. O que estou sentindo cabe em uma palavra, todavia parece não caber em meu peito: Angústia!

Essa declaração pode não ter acontecido, mas as dúvidas com certeza sim.

As vidas desses dois homens foram impactadas por mais ou menos um período de três anos por um carpinteiro da aldeia de Nazaré. Um homem simples, porém, com palavras tão fortes que atravessaram suas almas e encontraram repouso em seus corações. Resolveram segui-lo e o que viveram naqueles últimos anos foi surreal, presenciaram cegos sendo curados, mortos voltarem à vida, viram milhares serem alimentados com o simples ato desse meigo nazareno de repartir um punhado de alimento depois de dar graças ao bom Deus. Às vezes, Ele nem sequer precisava falar, bastava um toque seu e o impossível se tornava possível, ou bastava alguém tocá-lo de uma forma diferente e, pronto, o milagre acontecia. Presenciaram centenas de pessoas o seguindo, mas poucos tiveram o privilégio de estarem próximos a ele, de conviverem particularmente com Jesus. E esses dois faziam parte desses privilegiados, foram escolhidos por Ele, faziam parte de um grupo de discípulos, os chamavam de "os setenta". Eles amavam sua companhia, deliciaram-se e aproveitaram cada momento.

Os acontecimentos do começo da semana trouxeram grandes e extraordinárias expectativas, visto que fora há poucos dias que presenciaram Jesus sendo recebido em Jerusalém com uma entrada triunfal, aquela feita somente para reis, foi maravilhoso, viram toda aquela gente gritar o nome dele e dar glórias a Deus por este nos ter enviado seu Messias. Depois desse acontecimento, estavam certos de que a opressão imposta por Roma cairia, finalmente, seriam livres, pois para eles o tempo de redimir a Israel finalmente chegara.

Além da entrada triunfal, a festa que aconteceria naquela semana, a festa dos Pães Asmos, os deixava ainda mais empolgados. A festa que os lembrava a libertação dos judeus das garras de Faraó há mais de mil anos. Na visão deles, tudo se encaixava, o grande dia da vitória sobre seus inimigos estava chegando. Entretanto, na quinta-feira última, de madrugada, um nevoeiro começa a cobrir seus sonhos, o semblante do vosso senhor não parecia ser o mesmo, o olhar do mestre não trazia a serenidade de sempre, tinha algo diferente que não sabiam o que seria, talvez, Pedro e João possam ter compartilhado o que Jesus lhes dissera, algo sobre estar angustiado, todavia para todos não parecia com algo que o Mestre diria.

Naquela noite, no Getsêmani, prenderam o mestre, e Ele nem ao menos revidou, não os repreendeu... simplesmente se entregou. Interrogaram, esbofetearam, interrogaram outra e outra vez, casti-garam-no e mesmo assim não ouviram dele nenhuma argumentação em defesa própria, e os romanos o crucificaram. Porém os discípulos não entenderam por que Jesus não fez nada para evitar sua morte, estavam ainda sem compreender como isso pôde acontecer. Alguns dias atrás, estavam convictos de que Ele era realmente o Messias, mas já era o terceiro dia depois que essas coisas aconteceram. Realmente não conseguiram entender, por mais que tenham debatido por longo caminho, não chegaram a um porquê disso tudo.

De repente, o terceiro homem os surpreende citando várias profecias concernentes ao Messias e seu sofrimento. Enquanto este lhes falava, seus peitos ardiam em consequência das vivas palavras pronunciadas por ele. A angústia que estava como névoa foi se dissipando, e uma paz os foi enchendo até transbordar no coração deles.

"E ele lhes disse: Ó néscios, e tardos de coração para crer tudo o que os profetas disseram!

Porventura não convinha que o Cristo padecesse estas coisas e entrasse na sua glória?

E, começando por Moisés, e por todos os profetas, explicava-lhes o que dele se achava em todas as Escrituras" (Lucas, 24:25-27 ARC).

Quando me pego pensando no sábado posterior à sexta-feira da crucificação e anterior ao domingo da ressurreição, sinto até calafrios. Dá para pressupor, pela tristeza tão profunda e tão presente em todos, que não conseguiam se consolar. Acredito que o ambiente ficou insuportavelmente carregado de dor, que essa dor estava quase palpável no ar. Esse sábado foi diferente de todos os outros dos últimos anos, nesse não ouviram profecias, sem multiplicação de pães e peixes, nada de pesca maravilhosa, nem cura ou ressurreição. Sábado de silêncio, porém o silêncio não era na casa onde todos se reuniram, nesta havia prantos e gemidos em cada canto. Mas o silêncio insuportável era o que vinha dos céus. Tão insuportável que dois discípulos desistem e na manhã seguinte retornam para Emaús, até serem encontrados no caminho por Jesus e impactados por suas palavras.

Religião, palavra polêmica em todo lugar. Algumas pessoas só de ouvi-la se fecham devido às dolorosas experiências e marcas causadas por ela, ou pelos horríveis relatos como de pedófilas, roubos e até guerras em nome da religião. Contudo gostaria que você entendesse algo, Deus não é uma religião, a religião pode ter lhe decepcionado, palavras cruéis ou a falta do amor em algumas instituições fizeram com que você perdesse a esperança em um Deus próximo, amigo e Pai. Ou provavelmente foram as próprias intempéries da vida que fizeram com que seu coração se fechasse à possibilidade de novos sonhos. Talvez, ainda hoje você esteja andando pela vida abatido, cheio de questionamentos sobre o porquê algumas situações que pareciam tão certas de acontecer acabaram dando em nada, ou pior que dar em nada foram as coisas que aconteceram, o oposto daquilo que se esperava. Você foi caminhando cabisbaixo, sem, contudo, perceber nem reconhecer o Mestre, que nas situações de aflição e de desesperança sempre esteve e está ao seu lado, consolando-lhe, direcionando e instruindo.

Ainda que você não entenda a situação, e não tenha os porquês para as adversidades (na maioria das vezes não os temos), confie, pois o Pai não perdeu o controle. Aqueles discípulos por fim perceberam que Deus tinha um plano, e que Jesus não foi assassinado, mas que Ele se entregou como oferta, sim, oferta pelos nossos pecados. Morreu por nós, para que pudéssemos ter com Ele a Vida. Eles então retornaram para Jerusalém para junto dos discípulos, para o lugar a que pertenciam.

"E eles o constrangeram, dizendo: Fica conosco, [...] *Abriram-se-lhes então os olhos, e o conheceram, e ele desapareceu-lhes* [...] Porventura, *não nos ardia em nós o nosso coração quando, pelo caminho, nos falava, e quando nos abria as Escrituras?*

E *na mesma hora*, levantando-se, tornaram para Jerusalém, e acharam congregados os onze, e os que estavam com eles" (Lucas, 24:29-33 ARC, grifo nosso).

Jesus, por não querer perder nenhum amigo, vai até Emaús se preciso for, para lhe mostrar o quanto você é valioso para Ele. Se Jesus foi para uma cruz para mostrar-lhe isso, aonde imagina ser difícil Ele ir para te resgatar? Para qual Emaús você está indo neste momento?

Volte para Jerusalém, não importa como, quando ou por que saiu, não importa a distância que já percorreu, o importante é voltar. Voltar ao centro da vontade do Senhor, vamos, volte para o lugar ao qual pertence.

Antes que me esqueça, para deixar claro, quando afirmo que Deus não é uma religião, não estou dizendo que não devemos congregar em uma denominação, não me entenda mal, temos, sim, que congregar, temos sim que viver em comunhão, mas, sim, temos que fugir da religiosidade, principalmente da religiosidade em nós. Como disse o salmista:

"Oh! Quão bom e quão suave é que os irmãos vivam em união" (Salmos, 133:1 ARC).

# 23

# PRECISO OUVIR TUA VOZ, Ó DEUS!

Lá estava o querido ancião saindo de sua tenda, de cabelo e barba brancos, olhar sereno e andar manso, procura com os olhos seu moço e logo o encontra próximo à entrada. Sem trocarem uma só palavra, o jovem entende para onde estava indo o seu senhor e que deveria segui-lo. O ancião caminha em direção à Tenda da Congregação. Um alvoroço se levanta no arraial quando todo o povo vai para a porta de suas próprias tendas para olharem o ancião e seu rapaz caminharem na direção da tenda. O nome do jovem era Josué, os demais, com os olhos fitos, apenas observavam. Os demais aqui é uma multidão de aproximadamente três milhões de hebreus, e o sereno senhor era Moisés, um dos mais icônicos profetas descritos na Bíblia.

Enquanto admiravam com olhares fixos para os dois, uma nuvem espantosa desce até a tenda, com a nuvem vem o próprio Deus. Começa, portanto, um diálogo entre Moisés e Deus. Ei! Estou falando que tiveram um diálogo, e não monólogo. E o mais espantoso era que conversavam como amigos. Depois que o homem de Deus sai da tenda, seu servo Josué curiosamente permanece lá.

"E falava o Senhor a *Moisés face a face, como qualquer fala com o seu amigo;* depois tornava-se ao arraial; mas o seu servidor, o jovem *Josué, filho de Num, nunca se apartava do meio da tenda*" (Êxodo, 33:11 ARC, grifo nosso).

Alguns estudiosos da Bíblia Sagrada dizem que o moço ficava para vigiar a tenda para que ninguém se aproximasse dela. Hum...

pode até ser, porém acredito que o desejo pela presença de Deus o impelia a ficar um pouco mais.

O que será que passava na cabeça daquele jovem, ao ouvir Deus conversar com Moisés? Orlando S. Boyer nos fala o que John Paton escreveu sobre como o testemunho de vida de seu pai influenciou em seu relacionamento com Deus por toda sua vida.

"Meu pai andava com Deus; por que não posso eu também andar?" (JOHN PATON, 1836 *apud* ORLANDO BOYER, 2013, p. 153).

Bons testemunhos nos encorajam a ter comunhão com o Amigo maior e seguir os passos do Mestre. Assim como Paton teve sede de Deus por observar em seu pai tamanha comunhão, imagino o quanto Josué desejava desesperadamente andar com Deus como seu mentor o fez. O apóstolo Paulo, sabendo o poder do bom testemunho, ousadamente nos escreve:

"Sede meus imitadores, como também eu de Cristo" (1 Coríntios, 11:1 ARC).

Josué teve seu senhor como exemplo, seguiu seus passos e percebeu que nada é mais importante que a presença do Senhor em sua vida. Josué tanto buscou que Deus não rejeitou o seu desejo e ele andou com Deus por toda sua vida.

"Ninguém te poderá resistir, *todos os dias da tua vida*; como fui com Moisés, assim serei contigo; *não te deixarei* nem te desampararei" (Josué, 1:5 ARA, grifo nosso).

O local das constantes conversas entre o Senhor e Moisés também é extraordinário, no mínimo sugestivo! O magnífico e poderoso deserto de Sim e seus arredores. Desertos são símbolos de provações e privações. Momentos em que o povo de Deus aprendeu a depender e confiar nas provisões de Deus, aprenderam a se relacionar com Ele. Viram ali a importância de serem direcionados por Deus, e que ouvir a voz desse Deus era de vital importância para a sobrevivência daquela nação.

Moisés e Josué tinham fome das palavras de Deus, entretanto, nem todos naquela multidão tinham a mesma vontade que os dois. Temiam que Deus pudesse matá-los ao falar com eles. Assim, rejeitaram ouvir as palavras de Deus direto de seus lábios, preferindo ouvi-las da boca de Moisés.

"E todo o povo viu os trovões e os relâmpagos, e o sonido da buzina, e o monte fumegando; e o povo, vendo isso *retirou-se e pôs-se de longe.*

E disseram a Moisés: Fala tu conosco, e ouviremos: e não fale Deus conosco, para que não morramos.

E disse Moisés ao povo: Não temais, Deus veio para vos provar, e para que o seu temor esteja diante de vós, a fim de que não pequeis" (Êxodo, 20:18-20 ARC, grifo nosso).

"*...e tu nos dirás tudo o que te disser o Senhor nosso Deus*, e o ouviremos, e o faremos" (Deuteronômio, 5:27 ARC, grifo nosso).

O Todo Poderoso aparece no meio do fogo não para amedrontar seu povo, mas para que o povo o servisse com temor, respeito e santidade. Vemos que a recusa do povo em ouvir dos lábios de Deus sua vontade os levou a serem dependentes de mediadores tão fracos como esses.

Hoje, no tempo denominado Tempo da Graça, o único mediador entre Deus e os homens é Jesus. Busque suas próprias experiências com Deus. Ele quer se revelar a você de forma profunda e íntima.

Não estou dizendo que não devemos ter mentores, mestres, doutores na fé, pelo contrário, precisamos sim sermos orientados, discipulados, porém, que tal discipulado nos conduza a buscar de forma íntima um relacionamento com Deus. Algumas pessoas acham pretensioso alguém se comparar com Moisés, vendo o grande vulto que ele foi, porém gostaria que você fizesse justamente isso, coloque-se no lugar de Moisés, porque o Deus com que esse ancião mantinha um relacionamento sincero e profundo quer conversar intimamente contigo. Verdade que Deus nunca mais falou com ninguém como falou com seu servo Moisés, entretanto Josué não queria o que Moisés tinha com Deus, pois o que Deus tinha com Moisés era para Moisés, porém o que Deus tinha para Josué era para Josué, e ele não abriu mão daquilo que Deus lhe reservou. O Deus que disse a Josué, "...como fui com Moisés, assim serei contigo", foi cumprido, o Senhor foi com ele, todos os dias, contudo com suas particularidades, vendo que cada relacionamento é único. Hoje Deus nos fala, sim, neste dia, neste exato instante e com a mesma e profunda verdade.

— Como fui com Moisés, como fui com Josué, como fui com Elias, com Davi, com Isaías... eu serei contigo, e como tive com cada um deles um relacionamento único e profundo, quero ter contigo, hoje!

Você ainda gostaria de terceirizar seu relacionamento com Deus, ou deseja ouvir a voz de Deus voltada diretamente a você?

# 24

# VELHAS PRÁTICAS:
# NÃO OLHE PARA TRÁS

*E, levando os barcos para terra, deixaram tudo, e o seguiram.*
*(Lucas, 5:11 ARC)*

Quando os pescadores deixaram tudo para seguir a Jesus, não imaginavam as coisas que ouviriam, presenciariam, muito menos o que passariam com o mestre e pelo mestre. Três anos se passaram depois da chamada, o Monte Caveira também ficou para trás, a brilhante Estrela da manhã se levantara havia alguns dias, as densas trevas que reinavam triunfantes sobre a humanidade foram derrotadas, porém Simão Pedro insistia em ficar no tempo passado, naquele espaço de tempo entre o pôr do sol e o amanhecer, a noite na vida de Pedro parecia não ter fim.

Esse discípulo se considerava mais preparado que os demais, disse em alto e bom som que estava pronto até para morrer com Cristo se necessário fosse, porém acaba descobrindo que estava mais disposto a matar por Ele, não sabendo a diferença até então entre tirar uma vida e entregar a própria vida.

O pedregulho percebe que não era a Rocha, não era grande, acredito eu que se recorda do seu primeiro encontro com o mestre, às margens do grande lago, frustrado e cansado. Quando presencia a pesca maravilhosa, se vê como um indigno e pede a Jesus que se afaste dele.

"E vendo isto Simão Pedro, prostrou-se aos pés de Jesus, dizendo: Senhor, ausenta-te de mim, que sou um homem pecador" (Lucas, 5:8 ARC).

Esse não foi o único momento que ele se sentiu indigno, o vemos recusar ter os pés lavados pelo Senhor. No primeiro encontro, o Senhor ignora o que ele falou e lhe faz uma promessa, no segundo o repreende, pois precisa aprender uma lição de humildade, o grande servindo aos pequenos.

"...E disse Jesus a Simão: Não temas; de agora em diante, serás pescador de homens" (Lucas, 5:10 ARC).

Posso ver Simão questionando a si mesmo: — Como pude, como pude negá-lo?! E... praguejar?! Como pude?! Ele se considerava indigno e aquela noite continuava a atormentá-lo, ele para de olhar para as promessas, para os ensinamentos, fita seus olhos apenas em sua capacidade humana, limitada e fraca, então, sem esperança na concretização das promessas, sem conseguir se perdoar, volta a pescar.

"Depois disto manifestou-se Jesus outra vez aos discípulos junto do mar de Tiberíades; e manifestou-se assim: estavam juntos Simão Pedro, e Tomé, chamado Dídimo, e Natanael, que era de Caná da Galiléia, os filhos de Zebedeu, e outros dois dos seus discípulos.

Disse-lhes Simão Pedro: Vou pescar. Disseram-lhe eles: Também nós vamos contigo. Foram, e subiram logo para o barco, e naquela noite nada apanharam" (João, 21:1-3 ARC).

Apesar de receber o perdão, não pôde se perdoar, Pedro volta para o que acreditava ser sua sina, um simples pescador, perde a confiança em si mesmo, porém o que ele não percebeu foi que sua confiança nunca deveria estar firmada em si, mas na graça de seu Senhor. Se você me acompanhar e voltarmos uns dias antes desse ocorrido, verá que Jesus não desistiu de seu discípulo e que na verdade insistiu em demonstrar que gostaria que ele fizesse parte do Reino.

No domingo da ressurreição, os discípulos recebem a notícia de que o corpo do mestre sumiu, Pedro e João correm ao túmulo, o primeiro, ao entrar e ver os lençóis e o lenço, sai e se pega a meditar nisso.

Antes de suas chegadas ao jardim do sepulcro, um anjo envia um recado por intermédio das mulheres sobre onde os discípulos deveriam esperar por Jesus.

"Mas ide, dizei *a seus discípulos, e a Pedro*, que ele vai adiante de vós para a Galiléia [...]" (Marcos, 16:7 ARC).

Aqui, não é Jesus que faz a separação de Pedro dos demais discípulos, mas nos é revelado o que ele sentia, que não fazia mais parte dessa família, porém o anjo enfatiza o nome de Pedro. Vemos em outro momento tal servo receber o presente da aparição do mestre somente para ele, um instante a sós com Cristo, nesse encontro não nos é revelado o que conversaram. O mestre aparece aos dez, sem Tomé, e Pedro estava lá, aparece novamente alguns dias depois, agora os 11 presentes, Simão ainda estava lá. Depois disso tudo, de todos os encontros, ele desiste, abre mão, não vê mais um futuro com os apóstolos, e volta a olhar para a vida que possuía antes. Então, vemos que o mestre vai às margens do Tiberíades, mostrar a Pedro que seu amor por ele era incondicional... prepara para eles uma refeição, então, virando-se para Pedro, pergunta por três vezes se o amava.

E por duas vezes Pedro responde:

— Tu sabes que te amo!

E na terceira acrescenta:

— O Senhor sabe de todas as coisas, sabe que O amo.

— Apascenta o meu rebanho — enfatiza-lhe Jesus.

Muitas pessoas desistiram do ministério, da chamada de Deus para suas vidas, não ministram mais, não cantam ou tocam mais, não lecionam, não intercedem. Talvez, por culpa, assim como Pedro, talvez, por ter sido rejeitado, ferido, desamparado por aqueles que deveriam lhe estender a mão. O motivo eu não sei, mas de uma coisa tenho certeza, ainda tem um lugar para você como um discípulo de Jesus, e Ele insiste, persiste e o fará até que você entenda que Ele nunca te chamou pelos seus dons, talentos, diplomas, e sim por sempre te amar. Cefas nega três vezes, e Cristo lhe dá a chance de por também três vezes declarar seu amor a Ele.

A igreja em Colossos teve um servo por nome Arquipo, que provavelmente foi um pastor e que por um motivo desconhecido abandona o ministério, não sabemos quase nada a seu respeito, citado apenas duas vezes na Bíblia, entretanto, como Paulo fala a ele, Jesus fala a você no dia que se chama hoje; olhe para o ministério que recebeu do seu Senhor, e o cumpra. O que recebeu não veio de homens, mas do seu Deus.

"E dizei a Arquipo: Atenta para o ministério que recebeste no Senhor, para que o cumpras" (Colossenses, 4:17 ARC).

Dez dias depois da ascensão de Cristo, mais precisamente no dia de Pentecostes, Pedro, cheio do Espírito Santo e unção, ministra a Palavra com autoridade e, como pescador de homens, lança sua rede, pesca, não uma ou duas almas, porém quase três mil, porque a promessa não foram palavras lançadas ao vento, pois viva e eficaz é a Palavra de Deus.

# 25

## O QUE DEUS SONHA PARA VOCÊ?

Todos os que me conhecem mais de perto sabem que sou uma pessoa mais serena, tranquila, porém naqueles dias eu estava mais absorto em meus pensamentos que o de costume, o mês era setembro, o ano 2009. Meu coração estava profundamente entristecido, pois havíamos passado por grandes lutas no ministério, que nos custaram três bravos guerreiros. Não gostaria aqui de entrar nos detalhes que acabaram causando a perda desses bravos lutadores. Entretanto, cabe dizer que são homens de Deus e que fazem grande diferença no reino. Fazia já alguns meses que eles tinham se desligado do ministério, porém toda a congregação ainda sentia falta dos sermões inspirados que ministravam à igreja. Além de sermos companheiros de púlpito, éramos amigos desde antes mesmo de nos entregarmos a Cristo, talvez, devido a essa nossa amizade antiga nos dávamos tão bem no trabalho para o Senhor.

Em um domingo daquele mês, minha esposa foi chamada pelo pastor presidente do ministério e sua esposa para uma conversa, eu não fiquei sabendo do assunto a princípio, entretanto este teria um impacto sobrenatural em minha vida e ministério. A Iva me convenceu a não vestir minha melhor roupa naquele dia. Seus argumentos não faziam o menor sentido, não vestir a melhor roupa num culto de domingo, porém, para não contrariar, a deixei escolher a roupa que eu usaria no culto naquela noite.

Como de costume, chegamos bem cedo à igreja, quase uma hora antes do início do culto, minha esposa era líder de louvor e o grupo sempre se reunia antes do culto, eu subi à galeria para fazer minhas orações. Toda a tristeza que sentia aflorou durante a oração, logo me derramei aos pés do Pai. Como sempre gostei de orar no período de louvor, permaneci em oração mesmo depois do início do culto, e por todo o louvor continuei aos pés do Senhor em oração. Recordo que falava com Deus sobre meus amigos, talvez, pela milésima vez indagava ao Senhor sobre o ocorrido, pedia ao Senhor que os mantivesse de pé. Durante a oração, pude sentir a presença incomparável e inconfundível do Espírito de Deus ali, sua manifestação era espantosamente maravilhosa. Enquanto os cantores e tocadores adoravam e conduziam o povo a adorar ao Rei, fui levado nesse mar de graça e conforto nos braços do Pai. Nesse período de adoração, Deus falou forte comigo.

— Você foi aprovado!

Essa frase me fez enchê-lo de perguntas; por mais que eu questionasse, não tinha respostas diferentes da frase: "Você foi aprovado!". O período de louvor terminou, então desci até a nave da igreja e em seguida subi ao altar.

O culto seguiu seu fluxo, enquanto eu continuava com aquela interrogação sobre minha cabeça. De repente, meu pastor me chamou à frente, próximo ao púlpito e disse que faria algo que recebeu de Deus. Chama minha esposa à frente, e ela ministra uma bela canção em louvor ao Senhor pelo chamado em minha vida. Nesse dia fui consagrado a pastor, mais ou menos um mês depois de concluir o curso de teologia. Apesar de ter encarado uma sala de aula para aprender mais sobre a Palavra, eu fugia da consagração pastoral, não me via como pastor por mais que ministrasse já há alguns anos a palavra do Senhor e por vários lugares e com grande frequência. Meu pastor sabia dos meus sentimentos quanto à unção e, confesso, sempre fugia desse assunto quando alguém tocava nele. Por isso, prepararam a surpresa. E que surpresa! Agora fazia sentido o que Deus me dissera minutos antes. Deus havia me preparado e também aquele momento.

A presença de Deus que senti na galeria quando lá orava foi sobrepujada pela presença que senti quando o óleo corria pela minha cabeça. Minha carne tremia, mal podia me conter, tamanha a unção que sentia ser derramada sobre mim, e não estou dizendo da unção visível, porém da unção invisível derramada pelo Espírito.

Novamente, ouço Deus falar, enquanto o rito da unção se seguia. Conversávamos e eu tinha tanto temor e receio de não dar conta do chamado para o qual Cristo me designou. Mas que graça e encorajamento recebi naquele dia! Não dava mais para fugir desse chamado, porquanto o Espírito me constrangeu com seu amor e zelo pela vontade do Pai.

O Amado me transformou naquela noite, sei que antes eu era um pregador cheio de sonhos concernentes ao ministério da pregação, mas, depois da unção, percebi que o Pai também sonhava a meu respeito, assim percebi como Deus nos leva além daquilo que pedimos e pensamos. A partir daquele ponto, novas portas foram abertas, novas experiências com o mestre experimentadas, estas me maravilharam e sei que Ele me levará ainda para mais perto d'Ele. E quem conhecendo minha história de vida poderia dizer que eu escreveria um livro?

O que eu quero dizer lhe contando essa experiência? Cristo tem grandes coisas para nossas vidas. Sabemos que mudanças causam desconforto devido à nossa incapacidade de enxergar o futuro, naturalmente o desconhecido amedronta. Só galgaremos degraus na intimidade com o Amigo se permitirmos que Ele guie por completo nossas vidas. Mergulhemos nas águas profundas de comunhão com o Pai, deixemos de apenas molhar as pontas dos dedos e achar que estamos profundamente submersos na intimidade. Não nos conformemos com menos do que Deus tem para nós!


"Mas, como está escrito: As coisas que o olho não viu, e o ouvido não ouviu, e não subiram ao coração do homem, *são as que Deus preparou para os que o amam.*

*Mas Deus no-las revelou pelo seu Espírito*; porque o Espírito penetra todas as coisas, ainda as profundezas de Deus" (1 Coríntios, 2:9,10 ARC, grifo nosso).


Dá medo, eu sei, não vemos todo o panorama, entretanto o Pai vê, nossos sonhos podem ser delírios irracionais, os do Pai a seu respeito, por mais surreais que possam ser, não são delírios, Ele tem o poder para torná-los realidade na sua vida.

No final, fez sentido não usar a melhor roupa, uma vez que a Iva, sabendo que a unção seria naquela noite, estando com receio de alguma roupa manchar devido aos óleos utilizados, convenceu-me a vestir uma roupa mais velhinha. Mulheres... incrível, conseguem pensar em cada detalhe!

# 26

# TODOS OS DIAS

A Terra tem hoje uma população de quase oito bilhões de habitantes, pessoas indo e vindo, das quais esmagadora maioria ocupada demais com seus muitos afazeres para de fato se preocuparem com seu próximo, tampouco em saber a vontade de Deus. Não obstante esse mar de gente, experimentam dia a dia a solidão, esses que, ao olhar para sua individualidade, levantam questões sobre de onde vieram, se existe algum lugar depois da morte, qual o sentido da vida. É quando o ser humano começa a perceber que, mesmo rodeado por essa tão grande multidão, está só em seus pensamentos e tais questionamentos lhe parecem enigmas insolúveis, e que ninguém pode adentrar sua mente, compreender a fundo seus sentimentos, nem tampouco seus maiores temores, e a solidão parece ganhar vida, se tornando um monstro invencível ou uma muralha intransponível. Como se estivesse em uma caverna escura e fria, e o único som que ouve é do eco de sua própria consciência.

Assim são as pessoas que ainda não se encontraram com Deus, porém, ao se deparar com o Criador, descobre-se suas origens, questiona-se sobre seu futuro, e, repentinamente, já se sabe de onde veio e para onde vai, encontra-se seu propósito, e o tremendo é saber que, mesmo em seus pensamentos mais profundos, você não está só, Deus está contigo, no mais íntimo de seu ser, conhecendo seus mais assustadores temores, seus sonhos, defeitos, mazelas, os seus desejos. Ao perceber que é conhecido por Ele, assim o seu coração é aquecido na companhia de um Deus que se interessa, importa-se e que está sempre presente.

As pessoas podem nos decepcionar, as instituições tendem a falhar; onde deveria abundar comunhão, podemos ter encontrado apenas apatia. A igreja é feita de pessoas, as quais em sua grande maioria desejam ser realmente cristãos sinceros e fervorosos e lutam suas lutas particulares, muitas vezes não conseguindo confiar no próximo para expor suas dores e temores, por experiências passadas terem lhes causado desapontamentos. Se a igreja como instituição falhou ou como família decepcionou, Deus, todavia, nunca nos abandonou. Ele não nos fez uma promessa vazia.

"...e eis que estou convosco todos os dias, até à consumação dos séculos. Amém!" (Mateus, 28:20 ARC).

Jesus não disse que estaria contigo somente aos domingos pela manhã ou apenas aos sábados. Não lhe disse para escolher um mês do ano e lá Ele estaria contigo, não, senhor(a), Cristo não disse que você precisaria escolher uma data, porque lhe prometeu estar contigo *todos os dias*. Não precisa mais se sentir solitário e/ou desamparado, nem tampouco incompreendido, pois o Deus Criador, o nosso Deus e Pai, seu Pai, sempre estará contigo.

Não fomos abandonados à nossa própria sorte nesta terra depois que Jesus é assunto aos céus, os sentimentos e cuidados de pai perduram. Quando os pais de um bebê saem do raio de visão deste, ele os procura apavorado e aflito, como se eles se fossem para sempre, ainda que sejam segundos, é evidente que, para o pequeno, seus pais estarem à vista é seu lugar de segurança, ainda que nem imagine o sentido de quaisquer palavras, o que sentem ao ver os pais é o conforto e aconchego da segurança. Jesus foi para o Pai, sim, porém não fomos abandonados por ele.

"Não vos deixarei órfãos; *voltarei para vós*" (João, 14:18 ARC, grifo nosso).

Assim, na pessoa do amado Espírito Santo, Jesus permanece conosco e em nós, orientando, ajudando, intercedendo, consolando.

"E eu rogarei ao Pai, e ele vos dará outro Consolador, *para que fique convosco para sempre*" (João, 14:16 ARC, grifo nosso).

Temos por professor e mestre o Espírito de Deus, que nos traz à memória todas as orientações, exortações e promessas de Jesus deixadas em sua Palavra, a saber, a Bíblia Sagrada. E esse Consolador não vem em turnos, Ele permanece para sempre.

"Mas aquele Consolador, o Espírito Santo, que o Pai enviará em meu nome, esse vos ensinará todas as coisas, e vos fará lembrar de tudo quanto vos tenho dito" (João, 14:26 ARC).

Jesus cumpriu a promessa, e apenas dez dias depois de sua subida aos céus, 120 pessoas são impactadas e transformadas pelo poder e presença do Espírito. O número cresceu tanto que não o podemos calcular nesses dois milênios do Cristianismo.

Nem todos mantiveram a perseverança em Jerusalém, Paulo nos declara, na carta que escreveu aos irmãos em Corinto, que quase 500 pessoas viram o Cristo ressurreto, entretanto vemos em atos que apenas um pouco menos de um quarto insistiram aguardando a promessa, a ordem foi dada, e esta era clara, permanecei em Jerusalém até que do alto sejais revestidos de poder. Onde estavam os demais não sabemos, a cidade era o centro da adoração, e Deus gostaria que ficássemos no centro de sua vontade. Havia perigos em Jerusalém, eu sei, você sabe, os apóstolos sabiam, as sombras do Gólgota tinham sido dissipadas há pouco menos de dois meses, todavia a luz que resplandeceu na manhã de Páscoa brilha e brilhará para a eternidade, sendo assim, por que temer?

Onde você está? Aguardando confiante pelas promessas, ou seus afazeres consomem todo seu tempo? O que tanto te assusta, as lutas que virão, a fraqueza e esgotamento depois de uma vitória? O que te aflige, amado(a)? Deus está contigo, não tenha medo, confie, acredite. Permaneça no centro da vontade de seu Deus. Confiante nas promessas d'Ele, pois hoje Ele reafirma:

"[...] e eis que eu *estou convosco todos os dias* [...]" (Mateus, 28:20 ARC, grifo nosso).

...convosco para sempre.

Ele sempre cumpre suas promessas, sempre esteve contigo. E você, onde está?

Não deixe as densas trevas da solidão retornarem à sua vida.

# CONCLUSÃO

Deus plantou o jardim mais belo da Terra e cultivou nele a mais linda flor, a amizade com o ser humano. O paraíso no Éden foi uma amostra do que Deus gostaria de ter conosco um relacionamento profundo, puro e sincero.

Jesus, aquele que morreu por nós e por nós reviveu, para que tivéssemos de sua vida, pela pessoa do Espírito Santo constantemente nos sussurra aos ouvidos:

— Venha comigo, vamos! Venha de volta ao Éden, de volta ao caminho da intimidade... então, lhe mostrarei o que preparei para você.

# REFERÊNCIAS

BÍBLIA SAGRADA. **Almeida Revista e Atualizada, Anotada**. São Paulo: Mundo Cristão, 1994.

BÍBLIA SAGRADA. **Almeida Revista e Corrigida, Aplicação Pessoal**. Rio de Janeiro: CPAD, 1995.

BÍBLIA SAGRADA. **Almeida Revista e Corrigida na grafia simplificada**. São Paulo: Central Gospel, 2006.

BÍBLIA SAGRADA. Nova Tradução da Linguagem de Hoje. Disponível em: https://www.bible.com/pt/bible/211/PRO.18.NTLH. Acesso em: 13 jul. 2022.

BOYER Orlando. **Heróis da fé**. Rio de Janeiro: CPAD, 2013.

LUCADO Max. **Moldado por Deus**. São Caetano do Sul: Proclamação, 2010.